흰눈과 돼지고기

김철희 에세이집
흰눈과 돼지고기

인쇄 | 2023년 1월 26일
발행 | 2023년 1월 30일

글쓴이 | 김철희
펴낸이 | 장호병
펴낸곳 | 북랜드
06252 서울 강남구 강남대로 320, 황화빌딩 1108호
41965 대구시 중구 명륜로12길 64(남산동)
대표전화 (02)732-4574, (053)252-9114
팩시밀리 (02)734-4574, (053)252-9334
등록일 | 제13-615호(1999년 11월 11일)
홈페이지 | www.bookland.co.kr
이-메일 | bookland@hanmail.net
책임편집 | 김인옥
교 열 | 전은경 배성숙

ISBN 979-11-92096-37-6 03810
ISBN 979-11-92096-38-3 05810 (E-book)

값 13,000원

흰눈과 돼지고기

김철희 에세이집

북랜드

책을 엮으며

여기 활활 타오르지 못하고 연기만 피워대는 냉과리처럼 미진한 글을 내놓는다. 발가벗은 느낌을 어쩌랴. 지천명을 넘기는 동안 나름의 풍파를 겪으며 견뎌온 삶의 기록이다. 가난으로 얼룩진 지난 생활이 무에 그리 한스러울까마는, 오롯이 어머니의 숨결이 담긴 이야기라 내겐 눈물 같은 추억이다.

참으로 오랜 시간을 글밥을 먹고 지냈다. 글만 써서 먹고살 자신이 없어 스물다섯에 달랑 백만 원으로 생활정보지 신문사를 차렸고, 서른여덟에 무작정 그만두었다. 매주 신문 마감하고 마신 소주와 두통만 달고 사는 스트레스로 찌든 나날의 생활에 염증이 난 게다. 이즈음 결별할 줄 알았던 '글'에 대한 집착이 몽근하게 피어나고 있었다.

기자記者라는 레터르를 달고 사회의 귀퉁이를 서성거리다 기웃거린 게 수필이다. 아주 우연한 만남, 잘한 만남이기에 다행이다. 어쭙잖은 글로 '등단'이라는 훈장을 달고 다시 시작한 글쓰기는 순전히 나의 이야기 천지이다. 그래서 한편으론 부끄럽다.

김인숙 소설가는 신춘문예 열병을 앓는 신인들에게 "거창한 주제보다 자기 삶이나 주변에서 얻은 소재가 더 큰 울림을 줄 수 있다."고 조언했다. 자기 삶의 이야기라는 게 자전적인 이야기를 뜻하는 건 아니다. 자기 삶을 깊이 들여다보고, 거기서 솔직히 느낀 것을 소설 속에 녹여내라는 말이다. 수필도 이와 같다. 그래서 용기를 냈다. 둥글지 못하고 모난 돌덩이지만 강가에 내놓기로 했다. 급물살에 떠밀려 부싯돌처럼 부딪혀 마모돼가는 아우성을 듣고자 했다. 몽돌이 만들어지기까지는 억겁의 시간이 필요했음을 되새긴다.

조금이나마 글의 속살을 들춰본 느낌이다. 약간의 가리사니를 잡았지만 구순을 지척에 둔 노모에게 보답하고자 글쓰기에 속도전을 냈다. 아무리 무녀리라도 부모에겐 소중한 자식이다. 누구보다도 나의 궤적을 잘 아는 당신으로부터 '고생했다' 한마디 듣고 싶었을 뿐이다. 책 열 권에도 모자라는 어매의 굴곡진 이야기를 한 권에 담는 불효를 범했지만, 새벽녘 일어나 읽고 계시는 천수경千手經 옆에 함께 놓여있기를 바라는 티끌만 한 소망을 염원한다.

앞으로의 시간은 미언대의微言大義, 깊은 의미와 정신이 담겨있으며 가슴에 전류를 보내는 글씀에 한 발짝 더 다가가려 한다.

2023년 1월
김철희

| 차례 |

4 • 책을 엮으며

1부 세월, 무릎에 얹히다

12 • 우수리
15 • 게발선인장
20 • 자두
26 • 사랑할 때는 사랑인 줄 모른다
31 • 동행
37 • 석장승 얼굴
41 • 세월, 무릎에 얹히다
46 • 우리들의 밥상
52 • 풍화의 흔적
57 • 낯선 남자
62 • 벚꽃 그리고 별
67 • 어머니의 짜장 칼국수

2부 광부와 라면

74 • 광부와 라면
80 • 흰눈과 돼지고기, 그리고 김치찌개
85 • 장인의 시계
91 • 가장 큰 실수
97 • 무형의 훈장
102 • 가난한 생일
107 • 아버지의 자리
112 • 때늦은 후회
118 • 첫 월급

3부 마스크와 한 철을 보내며

124 • 하찮은 병은 없다
129 • 마스크와 한 철을 보내며
135 • 아프다는 거
140 • 내 생애 설악산과 첫 맞선
146 • 이러시면 곤란합니다
151 • 항저우와 서호의 추억들
157 • 영남의 젖줄 낙동강변에 들어선 '낙동강문학관'
164 • 경북 상주 모동면 백화산의 둘레길 '호국의 길'
173 • '고갯길의 대명사' 문경새재, '문경의 소금강' 진남교반

4부 냉장고와 금고

184 • 그녀의 첫 개인전
189 • 맹목적인 사랑, 참다운 사랑
195 • 인연이 만든 또 하나의 작품
201 • 도예가 부부
206 • 못다 부른 그리움
212 • 꿈을 마시며
218 • 아직도 못다 한 이야기
223 • 냉장고와 금고
229 • 편두통 탈출기
235 • 마음의 빚

1
세월, 무릎에 얹히다

우수리

'거리 두기'로 사람과 사람 사이 정情이 말라간지도 어언 일 년이다. 당장 먹고 살기가 막막하니 곳곳에서 죽겠다는 아우성이 넘쳐난다. 시장에서 50년을 손칼국수를 팔아온 늙은 상인은 그저 사람의 그림자가 그립다고 말한다. 장사가 되고 안 되고는 나중의 일, 오가는 사람 속에서는 어떻게든 비비적거리면 살아낸다고 절규가 밴 한숨을 내쉰다. 어쩌다 찾아온 손님에게 아낌없이 듬뿍 담아주는 넉넉함에서 인간미가 느껴진다. 이젠 그마저 보기가 어려운 풍경이 된 지도 오래다.

'우수리'에서는 사람 살아가는 맛이 느껴진다. '물건값을 치르고 남은 잔돈'이란 뜻을 가진 순우리말이다.

'거스름돈'을 말한다. 준말로는 '우수'라 한다. 어떤 이는 셈을 다 치른 뒤 장사치가 잔돈을 건네면 "수고가 많다"며 받질 않기도 한다. 택시에서 내릴 때 몇백 원의 잔돈이 그러하다.

연말 불우이웃을 돕기 위한 성금 모금이 한창인 요즈음이다. 너나없이 십시일반 몇 푼씩 기부하는 모습에서 그래도 아직 일말의 정이 남아있음을 느낀다. 내가 아는 가게에는 계산대에 돼지저금통을 놓고 손님들로 하여금 자율적으로 거스름돈을 넣도록 하고 있다. 주머니에 잔돈을 넣고 다니는 것을 선호하지 않는 현대인들의 취향을 기부로 연계 지은 좋은 아이디어다. 티끌 모아 태산이라는 말이 이를 두고 하는 말일 터. 정성은 하나씩 모일 때 그 의미가 더 빛이 나는 법이다.

그 옛날 아버지는 곧잘 내게 수퍼에 가서 물건 따위를 사 오라고 심부름을 시키셨는데, 물건 값을 치르고 남은 돈을 드리려고 하면 "됐다, 냅 둬라. 나중에 공책 사라." 하셨다. 당신이 떠나고 안 계신 지금 생각해보면 이 또한 용돈을 챙겨주기 위함이란 생각에 그리움이 밀려온다. 이젠 카드가 화폐의 자리를 차고앉아 경제의 주요 수단이 된 지 오래다. 대학생 아들과 딸에게 용돈을 자동이체로 주는 세상이니 주고받음에 감사와 사랑이 싹틀 리 만무하다.

'우수리'가 점차 사라지고 있다. 편리함이 가져다준 건조함이다. 코로나19로 온 세상이 뒤숭숭한 이때 어렵고 힘든 이웃이 없는 지 주위를 둘러보는 여유가 있어야 하지 않을까. 꼭 가진 게 많다고 남을 돕는 건 아니다. 어려운 사람을 돕는 데는 '거리 두기'가 있어서는 안 되겠다.

- 이 글은 조선일보사의 '조선일보 100년/말모이 100년, 다시 쓰는 우리말 사전' 기획물인 '독자가 사랑한 우리말'(2020.12.30)에 선정된 글입니다.

게발선인장

하고많은 꽃 중에 어머니의 마음을 빼앗은 꽃은 손에 꼽을 정도다.

게발선인장이 어머니와 동숙하게 된 것은 그리 오래전의 일이 아니다. 우연한 기회에 이웃집에서 처음 보았는데 하도 꽃이 이쁘다고 하니 키워보라고 준 것을 가져다 신기방기해하며 살뜰히 보살핀 덕에 매년 꽃구경하며 사신다.

홀어머니를 곁에서 돌보는 것은 오롯이 장남의 몫, 근 사십 년이다.

어느 하루, 혼자서 아침 드실 어머니가 눈에 밟혀 찾아갔다. 훤하게 날도 밝았건만 커튼도 걷지 않은 방 안에 텔레비전 소리만 쩌렁하다. 전기장판 위에 담요를 덮고 있는 노모의 얼굴이 유난히 핼쑥하다. 간밤에 잠을 설쳤음을 지레짐작한다. 혼자라면 굶었을 아침을 함께 먹기 위해 찾아온 아들을 위해 무거운 몸 기꺼이 일으킨다. 구부정하게 팬 숫돌의 등마루처럼 굽은 허리가 애처롭다.

불을 켜니 활짝 핀 게발선인장이 무슨 할 말이라도 있다는 듯 나를 보고 있는 모습이 참으로 예쁘다. 금아琴兒 피천득이 좋아했던 남천南天의 작고 둥근 열매도 이보다 곱지는 못할 터. 붉은 치마 속에 노란 속살을 드러낸 동백꽃을 좋아하는 내 마음마저 사로잡는다.

게발선인장은 꽃이 줄기 끝에서 아래쪽을 향해 핀다. 브라질의 리우데자네이루가 원산지로 다년생 식물이다. 줄기의 모양이 게의 발과 닮았다고 하여 붙여진 이름, 꽃말은 '불타는 사랑'이다. 크리스마스 즈음 꽃을 피워 크리스마스선인장이라고도 불린다. 브라질은 삼바축제의 나라, 게발선인장의 원산지 리우데자네이루는 삼바의 고향이다. 어머니는 당신이 그리도 좋아하는 꽃의 내력에 대해 알 리는 없을 터. 문득 유난히 붉은 의상을 입고 골반을 전후좌우로 격렬하게 흔드는 화려한 삼바 무용수의 모습이 겹쳐진다.

며칠 전, 구미에 사는 여동생이 울며불며 전화를 해

왔다. 난데없이 앞으로는 엄마한테 전화를 안 할 테니 그리 알라며 몹시 격앙된 어조로 말해 당황한 적이 있다. 사는 게 팍팍하니 자주 찾아오지도 않고 이따금씩 이기지 못하는 술을 한잔하고 전화를 해 어머니 속을 뒤집어놓는 아픈 손가락이다.

"걔는 가끔 전화해서 기껏 한다는 소리가 제 몸 아프다고 말하는데… 내 속이 고만 까맣다."

여동생이 바랐던 것은 살가운 어머니의 숨결이었으리라. 약은 먹었는지, 병원은 다녀왔느냐, 일 좀 그만하고 쉬어야 하지 않느냐는 등 얼레고 달래주기를 바랐을 게다. 때론 삶에 지쳐 허허로울 때 기대고자 했던 품이지 않았던가. 게발선인장을 바라보며 혼잣말했을 '예쁘다'는 말같이 정답게 살가운 이야기를 왜 어머니는 하지 않았을까. '아프다'는 말에 버럭 역정부터 내는 어머니의 불같은 성정. 그리 말해놓고 돌아서서 어떤 생각을 했을까, 어머닌.

지난 시절, 곤궁한 삶에서 우리 칠 남매는 어머니에게 한 번이라도 꽃이었던 적이 있었던가. 불타는 사랑을 받아본 적은. 어머니 홀로 견뎌온 지난한 시간, 눈물이 거름 되어 활짝 핀 꽃과 나무들이었을까. 그때는 몰랐다. 당신이 살아왔던 이유였나 보다. 훗날 어머니는 명절에 형제자매들이 모여 윷판이라도 벌이면 흐뭇한 마음에 "너희 어디 안 보내고, 재가 안 하고 살아온 게 이제야 보람으로 남는다."라고 하시던 말씀이 어제 일같이 아직도 새록거린다.

당신은 엄마의 삶이 숭고하다는 자부심을 애초에 가졌으려나. 곤고한 살림에 찾아온 몹쓸 허약함, 여자라는 이름으로 씌워진 굴레가 너무 큰 것은 아니었을까. 사랑한다는 말 한마디, 그 시절엔 듣지 못했다. 그저 주어진 일상을 견뎌내며 건조하게 살아왔을 뿐이다.

몸이 몹시 아프거나 누구 하나 연락을 해오지 않을 때는 곧잘 세월이 빠르다고 울고 몸이 노쇠해지고 있다며 울었다. 업어 키운 큰놈(손자) 걱정 때문에 그예 울 때는 코끝이 짠할 정도다. 늙으면 아이 된다는 소리, 눈물이 많아진다는 말이 가슴에 와닿는다.

검버섯이 어룽어룽한 여든셋 어머니 얼굴은 약에 절어 부어 있기 일쑤다. 선연하던 게발선인장의 꽃잎이 시나브로 이울어가면 이마에 팬 주름살의 골도 깊어지겠지. 시인 릴케는 낙엽이 거부하는 몸짓으로 떨어진다고 했다지. 그 몸짓이 거부라면 지상에는 불만과 원한만 차곡차곡 쌓였을 것이다. 한데 어머니는 그마저도 내년에는 좀 더 이쁘게 필 거라는 기대를 하고 떨어진 꽃잎을 쓸어 담았다. "제발 아프다는 소리만 안 했으면 좋겠는데…." 그제야 알았다. 여동생의 아프다는 말 당신에겐 대못이라는 것을.

나이가 들어가면서 부쩍 늘어난 어머니의 꽃에 대한 애착이 그지없이 고마울 뿐이다. 외롭고 적적한 한때를 소일하는 지혜를 허투루 얻은 게 아니다. 온갖 농작물을 두루 섭렵한 경험이 말년에 이리 유용하게 쓰일 줄 어찌 알았을까. 못 키우겠다고 내친 꽃과 관상용 식물을 가져다 새잎을 돋게 하고, 망울 터트리게 한 것은 오로지 사랑이 아니었을까. 무료한 시간을 함께해 준 유일한 벗. 어머니는 아낌없이 내줬다.

털실같이 따뜻한 봄이 오면 어머니와 여동생과 함께 가을까지 야생화가 지천으로 피어나는 천상의 화원 만항재라도 찾을까나. 태백 정선 영월의 경계 지점, 국내에서 포장도로가 통과하는 고개 중 가장 높은 곳. 그곳에선 어떤 꽃이 어머니의 마음을 흔들어 놓을지.

자두

자두가 3년 만에 푸지게 달렸다.

어머니는 한껏 들떠 열매가 더 빠지기 전에 얼른 와서 따 달라고 성화다. 차일피일 뭉그적거리자 연일 전화기만 불이 난다. 탐스럽게 익은 자두의 낙과가 어머니의 애간장을 태웠다.

자두는 어머니가 몇 해 전 이웃 최씨 아주머니한테서 얻어와 심은 것이다. 매실나무라고 해서 심은 게 알고 보니 자두였다니…. 지난해 첫 수확을 했다. 풋 여름 노을빛을 닮은 색, 한입 베어 물면 코끝이 찌릿하고 눈머리가 시어 온다.

어머니는 누이의 득남 소식 대하듯 기뻐했다. 여든셋에 이런 호사를 누리고 사는 어머니는 칠 남매를 뒀다. 마흔일곱 한창 꽃놀이할 나이에 상부喪夫한 것은 어머니 말마따나 팔자소관이었다.

"이것 봐라. 얼마나 실하냐. 먹어보니 꿀맛이다."

담장 너머 가지에 달린 열매는 일찌감치 땄다. 동네 아이들이 오가며 눈독을 들이자 행여 가지가 상할까 싶어 그제 어렵게 땄노라고 하신다. 나지막한 사다리에 올라 가지마다 주렁주렁 달린 자두를 따자 신이 난 어머니의 추임새가 뒤따랐다.

"농약 한 번 안 쳤다. 저기 높은 데 있는 거 설익었더라도 마저 따라. 밑가지에 있는 건 내가 나중에 따마."

그렇게 딴 자두가 한 궤짝이다. 어머니는 크기별로, 빛깔별로 선별해가며 씻었다. 자칫 하루 더 늦었더라면 수월찮게 빠졌으리라는 게 어머니의 계산이다.

이날 수확한 자두는 비닐봉지 아홉 개에 나눠 이웃에 전달됐다.

"그동안 받아먹은 게 얼만데…."

어머니는 진작부터 맛보여줄 대상자를 염두에 두고 계셨다. 온갖 나물을 아낌없이 나눠주던 건넛집 아주머니, 노인 일자리 단짝인 해암빌라 최씨 할매, 반찬을 잘 나눠주던 대신아파트 형님, … 이렇게라도 갚음을 해야 한다는 게 세상을 살아온 연륜에서 묻어나온 지혜라면 지혜다.

이튿날 어머니는 정자에 나갈 때도 한 소쿠리 담아서 갔다. 정자는 할머니들이 모여 도란도란 얘기를 나누는 쉼터로 공원 한쪽에 자리해 있다. 잔디와 운동기구가 잘 갖춰져 있어 답답한 노인정보다 즐겨 모이는 곳이다. 햇볕 가림막과 선풍기를 자체 회비로 설치해 놓을 만치 정이 깃든 곳에서 한여름을 난다. 자두를 나눠 먹으며 하루를 소일하는 모습이 선하다.

그 옛날 고향 집에는 감나무 외에 복숭아나무가 한 그루 있었다. 약을 치지 않아 벌레 먹은 과실이 태반이었지만, 입에 한입 베어 물면 물컹하니 엄청나게 단 과즙이 입안에서 맴돌았다. 그 시절 넉넉지 못한 터수에 복숭아는 후식이 아니라 때론 주식이기도 했다.

나는 집 앞 과수원에서 휴일이면 가끔 품을 팔았다. 고등학생이었던 나는 아버지를 대신해 집안의 대주 노릇을 해야 했다. 마흔아홉에 위암으로 돌아가신 아버지의 부재는 빠져나올 수 없는 깊은 수렁이었다. 읽고 싶은 책이라도 사서 보려면 스스로 벌어야 했다. 딱히 생활비를 벌기 위한 것은 아니었다. 운동화를 사거나, 세계문학 전집 할부금이라고 갚기 위해서는 불가피한 선택이었지만, 그것은 어머니의 짐을 덜어주기 위한 것이기도 했다.

'문학'은 가진 것 없는 내가 기댈 수 있는 유일한 빛이자 궁핍에서 더 추락하지 않아도 되는 영적인 힘을 주던 삶의 열매 같은 것이었다.

어머니는 나에게 지금까지 가난을 탓하지 않고 어린 깜냥으로 손 안 벌리고 생활해온 걸 두고두고 미안해하셨다. 하지만 어머니는 막내누이에 대해서만큼은 역정 아닌 역정을 내셨다. 가끔 버거운 삶에 술기운을 빌려 전화해서는 어머니의 속을 뒤집어놓은 아픈 손가락이다.

"글쎄, 고것이 엄마가 지한테 해준 게 뭐가 있느냐고 따지고 묻더라. 지금에 와서 그걸 얘기하면 난들 어떡하냐고…."

얼굴이 예뻐 유난히 귀여움을 받았지만, 남들보다 어린 나이에 취직해야 했던 아이. 반대하는 결혼을 막무가내 해서는 잘살아 보지 못해 늘 주변으로만 돌아야 했던 아이가 전화로 어머니의 속을 뒤집어 놓은 것이다.

막내누이는 어버이날에도 다녀가지 않았다. 어머니가 허리협착증 수술을 했을 때도 찾지 않아 서운함만 안겨줬다. 그런 아이다.

“웬 자두…, 때깔이 좋네.”

어느 날, 우연히 김치냉장고 문을 열고 탐스러운 자두를 본 적이 있다. 이리저리 나눠주고 남은 게 없다고 생각했다. 하지만 유난히 잘 익은 것만 골라 놓은 것이 한눈에 봐도 좋아 보였다. 가져가도 되느냐고 묻기 바쁘게 꺼내려고 하는데 어머니가 제지하고 나섰다.

“그건 안 된다. 갸도 맛봐야 안 되겠나?”

막내누이에게 주려고 따로 챙겨놓은 것임을 그제야 알았다. 언제 올 줄 모르는 누이를 위해 지금까지 보관하고 있었다. 가져가라고 전화했느냐고 물으니 묵묵부답이다. 조만간 한번 다녀가겠지. 하염없는 기다림이다. 이래서 자식은 죽을 때까지 내려놓을 수 없는 짐인가 보다.

“내가 전화해서 일간 다녀가라고 할게요.”

어머니는 티브이에서 눈을 떼지 않고 정물화처럼 앉아있다. 활처럼 구붓한 등허리가 더 휘어져 보인다. 희끗희끗한 머리칼이 은빛으로 불빛에 반짝일 뿐이다.

자두는 지금까지 어머니가 직접 심고 수확한 유일한 묘목이다. 자두의 신맛이 마치 우리 가족이 살아온 삶 같고 맛갖지 않아 잘 먹지 않았지만, 어머니가 직접 재배한 걸 먹어본 뒤로는 손이 가는 과일이다. 온몸을 몸서리치게 하는 맛, 누구에게나 한 시절은 있는 법. 혹자는 슬픔을 맛본 사람만이 자두 맛을 안다고 했다지. 평생 무거운 짐을 지고 사신 어머니가 아낌없이 나눠주고 싶었던 게 자두뿐이었겠나.

사랑할 때는 사랑인 줄 모른다

나를 행복하게 만드는 것은 책, 바다, 늦은 밤… 그리고 어머니이다. 어떤 상황에서도 내 행복 목록에서 어머니의 존재는 빠트릴 수 없다. 경상도 사내의 무뚝뚝함으로 빚어진 약간의 갈등으로 자칫 순수성을 의심받게 될지는 모르겠지만 엄연히 그것은 사실이다.

당신은 강한 만큼 쉬 깨지는 접시처럼 여리디여리다. 어느 날인가 서운하다고 하시며 하염없이 꺼이꺼이 눈물을 머금을 때는 가슴이 먹먹해 당장이라도 바랑을 들고 바다로 가고 싶을 때가 있었다. 바다는 넓은 가슴과 깊은 속내를 가졌기에 내 젖은 영혼에 모닥불을 피워줄 것만 같았고, 그렇게 믿었다. 바위에 부서지는 하얀 포말은 고단한 생에 몸부림치는 홀로된 여인의 절규 같다. 너울이 만들어내는 찬란한 은빛 윤슬은 따뜻한 미소처럼 눈부시다. 방파제를 거닐며 불어오는 바람을 온몸으로 맞을 때 마치 팔짱을 끼고 나란히 걷는 한 여인의 안온한 체취를 맡는다. 늘 함께했으면 좋겠다.

어느덧 세월은 이별을 염두에 둘 시간이다. 되돌아보면 눈 깜짝할 사이지만 걸어온 길은 질곡 지고 어두웠다. 흑요석 같은 밤이 사위를 덮고 하늘에는 소금 같은 별이 점점이 박혀 반짝이는 걸 보던 그 시절 시골에서의 생활은 차라리 정겹기만 하다. 행복은 결코 물질적인 풍요에서 오는 게 아니다. 그것은 찰나의 순간이다. 동문동 행정복지센터 뒤편에 90평 남짓한 기와 단독주택을 매입해 집수리할 때 늦은 저녁 라면을 끓여 먹으며 바라본 둥근달의 조도는 참으로 밝고 청명했다.

"우리도 추억 하나 만들었구나."

그때 어머니는 이리 말씀하셨다. 시리도록 차가운 그해 늦가을의 일.

열두 번 이사로 누더기가 된 삶의 보따리를 이고 건너온 어머니의 강은 길고도 깊었다. 사벌면 물가 매호리에서 "이리는 못 산다"며 강물로 달려 들어가 죽고자 하셨던 일을 어찌 잊을까마는…. 생전 온갖 고생만 안겨다 준 사내에 대한 용서는 좌절도 비굴함도 아니라 '진정한 아름다움'이다. 화해의 씨앗이고 치유의 묘약이다. 누군가를 죽도록 미워한들 남는 건 마음의 병뿐, 빠져나올 수 없는 절벽에 서 있는 알량함이다. 바다는 기쁨과 슬픔을 기꺼이 품는 한없는 도량을 가진 세계이다. 뭇사람들이 바다를 찾는 이유이다.

어머니는 곧잘 당신이 살아오신 이야기를 수백 권의 책으로도 다 담을 수 없다고 하셨다. 그런 날은 왠지 억장이 무너지는 기억으로 꼬박 밤을 지새우곤 하셨던 걸 기억한다. 이슥하도록 깊은 밤 책 읽으며 보낸 세월도 오래다. 기자라는 레테르를 달고 글밥으로 생활해온 지도 어언 삼십 년이 훌쩍 넘고 보니 수중에 남은 거라곤 허허로움만 가득하다. 언제부턴가 당신의 이야기를 더듬으며 드문드문 기록을 남기기 시작한 지도 어느덧 3년이 되어간다. 볼륨이 얇은 책이나마 선물해야겠다는 일념으로 어쭙잖은 글쓰기를 이어오고 있다. 마음의 빚을 조금이나마 청산하고자 함이다.

지금은 까무룩하게 먹물 같은 어둠의 시간이다. 결코 얼마 남지 않은 시간을 위해 힘겹게 눈꺼풀을 말아 올리며 자판을 토닥인다. 출판사에 들러 얼추 생애 첫 책이 갈무리되어가는 걸 보고 오니 마음이 바빠진다. 제목을 무엇으로 할 것인지 편집자가 물어와 곤혹감에 한참을 아무런 말도 하지 못했다. 어머니, 생각만 해도 저절로 눈물이 나는 걸 어떡하랴. 올해가 다 가기 전에 얄팍한 책이지만 선물해야겠다는 굳은 심지 하나 갖고 꾸역꾸역 버텨온 시간이 나름 자랑스럽다.

'사랑할 때는 사랑인 줄 모른다.'

잠정적으로 정해 놓은 책 제목이다. 함께하는 이 순간이 지나고 어느 날 문득 당신의 그림자가 어둠 속으로 영원히 빨려 들어가면 어떡하지 하는 생각이 여간 아찔할 수가 없다. 살아 계실 때 잘하란 말의 의미를 곱씹는다.

누군가가 생애 최고의 순간이 언제냐고 물으면 어떻게 말해야 할까 고민하던 때가 있었다. 생각해보면 궂은일만큼 웃고 지내던 날도 적지는 않았다. 도대체 나에게 밤하늘 은하수 같고, 동이 틀 무렵 아침노을 속에서 솟아오르는 태양처럼 찬란했던 시간은 얼마나 될까. 되는 대로 마냥 살아온 인생은 아니지만, 무릎을 딱 치고 이거다 하고 말할 수 없는 처지다 보니 어쩜 이리도 허전할까. 최고가 순간이 되는 인생이라는 은유는 범속하다. 누구에게나 삶이란 자기를 향해 가는 길이다. 아마도 이즈음의 나이가 되고 보니 열 달을 자궁 속 양수에서 유영하다 태어난 순간만큼 소중한 시간이 있을까 하는 생각을 하게 된다.

재롱으로 귀염받고, 질풍노도로 내달던 청년 시절을 지나 한 여성을 만나 자식을 낳고 살아온 시간을 추억하면 저절로 눈물겹다. 인생이 덧없다 생각이 들기 때문이다. 찰나처럼 지나가는 게 세월이고, 어느새 내 처지도 복숭아뼈 늘어진 피부처럼 쭈그러진 나이가 됐다.

생각해보니 소중한 것은 멀리 있지 않고 사랑은 조건이 필요로 하지 않을 때 더욱 애틋하다.

동행

아침 일찍부터 서둘러야 했다. 어머니와 오붓한 시간을 보내기엔 분잡한 휴일보다는 평일이 좋겠다는 생각에서 잡은 일정이다.

부처님오신날이면 매년 어머니와 문경 봉암사를 찾았지만, 올해는 그러질 못해 사뭇 마음에 걸렸다. 시간이 더 지나기 전에 갔다 와야 한다고 마음먹은 일, 어머니는 기다렸다는 듯이 선뜻 따라나섰다.

제법 볕이 따사로운 5월, 어머니는 진청색 블라우스에 접이식 양산과 작은 손가방을 들고 차에 올랐다. 차가 도심을 벗어나자 마음이 앞서 가속페달을 힘껏 밟았다. 모내기가 한창인 들판이 펼쳐졌다. 평생 농사를 업으로 살아오신 어머니에겐 낯설지 않은 풍경이지만 아련한 추억이 된 지 오래다. 아들과 단

둘이 하는 나들이에 소녀 같은 설렘을 감추지 못하는 모습이 그저 고맙고 한편으론 미안할 뿐이다.

얼마를 달렸을까. 도로 표지판에 고딕체로 쓴 '부석사'가 보이자 어머니 얼굴엔 이내 생기가 돌았다. 한 번도 가보지 못한 곳에 왔다는 기대와 설렘이 묻어났다. 부석사浮石寺는 신라 문무왕 16년(676년) 의상대사가 창건한 화엄종찰이다. 한 시간 이상 달려오는 동안 무료할 법도 하건만 모처럼 이런저런 이야기를 나누다 보니 시간 가는 줄도 몰랐다.

매표소로 가는 가파른 길 한쪽에는 갖가지 농산물을 파는 좌판이 늘어서 있다. 파는 이는 7,80 나이 지긋한 할머니들이다. 어머니는 가던 걸음을 멈추고 좌판으로 다가가더니 "이건 무슨 나물이기에 이렇게 좋아."라고 말을 건넨다. 그러자 한 할머니는 직접 채취한 산나물이라고 응대하는 모양이 절친 대하듯 살갑게 느껴졌다.

어머니와 산나물은 인연이 깊다. 어머니는 마흔일곱에 남편을 여의며 힘든 삶을 살았다. 여남은 집들이 옹기종기 모여 사는 시골에서 논밭뙈기 하나 없는 곤궁한 살림살이를 건사하기 위해 봄이면 문경새재로 산나물 채취하러 다녔다. 나물은 삶아 햇볕에 말려 두고두고 먹거리로 활용했다. 이웃들에게 나눠줄

만치 인심도 후했다.

매표소에서 시작된 비탈길은 완만하게 일주문까지 닿아 있다. 하늘을 찌를 듯 치솟은 1km 남짓한 은행나무 가로수 숲길을 두고 〈나의 문화유산답사기〉를 쓴 유홍준은 '조선 땅 최고의 명상로'라고 말했다. 일주문을 거쳐 천왕문에 이르는 돌 반, 흙 반의 비탈길을 쉬엄쉬엄 오르면 요사체를 거쳐 범종루, 안양루를 지나 국보 제18호인 가장 오래된 목조건축인 무량수전과 만난다. 아홉 단의 석축 돌계단을 넘어야 한다.

이를 어쩌랴. 여든을 훌쩍 넘긴 어머니에겐 힘든 길임을 미처 헤아리지 못했다. 초행길이라 비탈길의 경사를 제대로 가늠하지 못한 걸 자책했다. 어머니는 절 입구부터 연해 있는 가파른 길을 못내 힘들어하면서도 한 발짝씩 걸음을 옮겼다. 지나온 생도 이와 다르지 않다고 생각했다.

"내가 너희 칠 남매를 어떻게 키웠는지 모르겠다."

어머니는 곧잘 무용담처럼 이야기를 했다. 사는 게 너무 힘들고 고달파 멀리 도망이라도 가고 싶은 날이 많았노라고. 그럴 때마다 어린 자식들이 눈에 밟혀 차마 떠나지 못했노라고 토로할 때는 지난한 삶을 이겨낸 어머니가 들풀 같다고 생각했다. 끈질긴 생명력을 가진 들풀은 가꾸지 않아도 저절로 나서 자라는 하찮은 식물로 여겨지지만 산천에 없어서는 안 되는 존재이기도 하다. 불편한 무릎으로 유독 많은 돌계단을 하나씩 밟고 올라가는 어머니의 허리 굽은 뒷모습이 유독 작아 보였지만, 앉았다 일어서는 견딤의 순간은 온갖 풍상을 견뎌낸 들풀을 닮았다.

어머니는 생전처음으로 이날 영주를 찾았다. 사찰을 그리 오래 다녔음에도 부석사는 처음이라고 했다. 젊어서는 살아가는 게 힘들어서, 나이 들어서는 몸이 아파 여행다운 여행을 다니지 못했다. 힘이 들어도 힘들단 내색을 하지 못하는 속앓이를 누가 알까. 가끔 사진 찍는다고 포즈를 취하라고 하면 기꺼이 웃으며 적극적으로 임하는 모습이 새삼 놀라울 따름이다.

부석사는 세계문화유산에 등재된 산사 7개 중 한 곳으로 우리나라에서 가장 아름다운 절집으로 꼽힌다. 어머니는 오랫동안 상주 남장사南長寺에 적籍을 두고 치성을 올렸다. 신라 시대에 창건된 고찰이다. 또 오랫동안 마음을 둔 문경의 봉암사鳳巖寺는 부처님오신날에만 개방하는 금단의 수행도량으로 이름난 곳이다. 불심이 남다른 어머니는 지고한 역사를 가진 두 사찰에 다니는 것을 나름 뿌듯해했다. 이제 어머니의 마음 한곳에 부석사가 새롭게 자리해 있겠지 생각해본다.

절을 내려오기 전 무량수전과 안양루를 배경으로 어머니의 모습을 카메라에 담았다. 희끗한 머리에 한낮의 햇살이 살포시 내려앉자 얼굴은 온화한 미소로 만개했다. 무량수전에서 바라본 소백산의 낙조는 그 어느 곳의 낙조보다도 아름답기로 유명하다. 해가 지면 어김없이 새날이 밝아오듯이 어머니의 남은 생도 꽃길만 있기를 바랐다.

어느 새 시간은 훌쩍 오후 2시를 넘겼다. 애초 인근 식당에서 점심을 하기로 했지만 서둘러 차를 몰아 가 닿은 곳은 순대로 유명한 예천 용궁면의 한 식당이었다. 막창순대로 제법 유명한 집이다. 몇 해 전 여름휴가를 맞아 일곱 남매가 함께 식사를 한 적이 있어 내려오는 길에 그 집을 찾은 것은 어머니의 희망 사항이기도 했다.

뚝배기 순댓국에 밥을 말아 막창순대와 맛나게 먹었다. 시장이 반찬이라고 했던가. 값나가는 놋그릇도, 밥맛을 오롯이 간직한 돌솥도 아닌 것이 제대로 된 음식 맛을 내는 것은 투박한 뚝배기가 가진 푸근함이 아닐까. 뚝배기처럼 볼품이 없어도 깊은 맛을 우려내는 그릇도 흔치 않다.

어머니 곁에서 맏이로 산다는 것은 마치 뚝배기와 같다고 생각한다. 뚝배기는 그 생김이 투박하고 하찮아 귀한 상차림에는 쓰이지 않으나 일상에서는 흔히 사용하는 생활자기이다. 늘 제 쓰임에 묵묵히 소임을 다할 뿐 따로 신분 상승을 바라지 않는 평범함 그 자체이다.

내친김에 세계문화유산에 등재된 우리나라 사찰 7곳을 올해 어머니와 함께 시간이 허락하는 대로 답사하리라 다짐해본다.

석장승 얼굴

그날이었다. 무릎 인공관절 수술로 두 다리 불편한 어머니가 걸려오지 않는 휴대전화기만 무심히 바라다보았다. 여든셋 생일을 맞이했지만 울리지 않은 벨소리에 가슴에 멍만 하나 더 키웠다. 자식들은 입을 맞추기라도 한 듯 코로나를 이유로 찾아뵙지 못하겠다고 했다. 당신은 당연하다는 듯 이 난리에 뭐 하러 오느냐며 오히려 자식 건강부터 걱정하셨다. 그렇게 맞은 생일이건만 왜 그리도 허전한지, 가슴에 먹장구름이 낀 듯 외로운 한숨만 종일 흘러나왔다. 20년 만에 찾아온 북극 한파만큼이나 어머니의 가슴을 더 냉골지게 했다.

아버지는 생전에 어머니에게 추위 못지않은 고생을

안겨줘 미움을 받았다. 사별한 지 사십 년이 넘은 지금도 용서가 안 되는지 아버지에 대한 추억을 소환하지 않는 냉정함은 가슴에 한처럼 남아 있었다. 그러던 어머니가 불쑥 아버지 얘기를 꺼내었다. "네 아버지는 며칠씩 안 들어오다가도 엄마 생일날만은 잊지 않고 아침녘 두부 한 모 사서 덜렁덜렁 들어왔었지."라고 지나가는 말처럼 흘리는데 그 모습이 어찌나 처연하게 들리던지. 마치 생일날 찾아오지 않은 자식들에 대한 서운함을 토하시는 듯했다. '어쩌다 저리 변하셨을까?' 고난과 역경 속에서도 샛별 같은 눈빛을 잃지 않으셨던 어머니가 아니던가.

독실한 불교 신자인 어머니는 심란한 마음을 달래기 위해 절[寺]을 찾으시곤 하셨다. 절에라도 가는 날이면 몸단장을 정갈하게 하고, 음식을 가리고 말씀도 허투루 하지 않으셨다. 삶의 질곡을 오로지 불심 하나로 버티었다. 부처님을 마음에 품고 사시게 된 것은 아마도 영매靈媒셨던 할아버지의 영향이 컸었던 것 같았다. 신라 시대 고찰인 남장사南長寺는 어머니 마음의 고향처럼 꾸덕꾸덕한 삶에 지친 번뇌를 다독여주고 한 줄기 빛으로 생을 꾸려가도록 이끌어 주었다. 그런 어머니를 나는 곧잘 승용차로 모셔다드리곤 했다.

일주문에서 500m 앞 산 언저리 한쪽에는 석장승(경북 민속자료 제33호. 높이 186cm) 하나가 서 있다. 비전문가가 균형을 맞추지 않고 대충대충 돌을 쪼아 윤곽을 만들고 다듬은 돌장승이다. 마을과 사찰을 이어주는 중개자이자 수호신과 같은 존재로 오래전 신도와 행인들이 흙길을 걸어 오르며 집안의 평온과 득남을 빌었으리라. '수호신'이라 해서 근엄한 모습은 아니다. 못생긴 메주 같은 얼굴에 눈썹과 눈동자 표시도 없이 치켜 올라간 왕방울 눈과 왼쪽으로 비뚤어진 세모난 주먹코, 야무지게 다문 입술에 송곳니는 아래로 뻗어있다. 성난 표정인 듯싶으나 동네 인심 좋고 힘 좋은 일꾼을 닮았다고나 할까.

아버지는 광부와 농업인의 삶을 사셨다. 마흔아홉 생을 생각하면 가슴이 먹먹해 온다. 자연석을 다듬어 만든 석장승의 얼굴은 어머니 말씀대로라면 밉상스러운 상象이다. 어머니는 마애삼존불 앞에서 허리 굽혀 두 손을 모았지만 석장승 앞을 지나칠 때는 눈길을 주지 않았다. "얼굴이 왜 저리 못났노. 꼭 네 아버지 같다."

찬바람을 피해 온종일 방 안에서 지팡이를 짚고 노스님의 마른기침 소리처럼 적막하게 서 있는 어머니의 모습 역시 내 보기에는 석장승과 다르지 않다. 산山

구석진 곳에서 묵묵히 유장한 세월을 버텨내며 수호신의 소임을 다하는 석장승, 어머니가 홀로 칠 남매를 키워 오신 삶이 어찌 그보다 못할쏜가.

세월, 무릎에 얹히다

첫눈이 거짓말처럼 내렸다.

요 몇 년째 눈이 내린 적은 없다. 지리적으로 강원도 산골쯤은 돼야 한겨울 눈 구경이라도 할 수 있을 만큼 한반도도 기후변화를 비껴가지는 못했다. 창문 너머 북천에 눈이 군데군데 흩뿌린 모습이 차라리 정겹다. 생면부지의 코로나19와의 불편한 동거로 근 일 년 잿빛 일상이다. 멀게로만 느껴졌던 터널의 끝이 보이기 시작한 것은 백신 개발 때문이다. 2020년 12월 8일이 신종 코로나바이러스(코로나19) 감염증으로부터 인류의 반격이 시작된 역사적인 날이라면, 오늘은 눈[雪]의 귀환일이다.

세계 최초로 화이자pfizer 백신을 맞은 사람은 영국의 90세 할머니 마거릿 키넌이다. 고글을 낀 간호사가 그녀의 왼쪽 팔을 걷어 올려 코로나19 백신을 접종한 날, 어머니는 대구의 한 병원에서 재활을 받고 계셨다. 무릎 인공관절 수술로 오랜 입원 생활을 이어오고 있는 여든셋 노모에게는 인생에서 가장 힘든 겨울나기다. 신산한 인생의 굴곡이 두 무릎에 고스란히 얹혀 연골이 다 녹아 내릴 때까지 아픔을 삭혔던 당신의 까맣게 타들어 간 속을 생각하면 하얀 눈은 마치 눈물이 굳어 만들어진 고체 자국 같다.

"추워진다는데 수도 얼지 않도록 잘 동여매라."

온통 잿빛으로 우울한 하늘이 못내 신경에 쓰였던지 당신은 부러 전화해 이런저런 주문을 하셨다. 나머지 한쪽마저 수술을 받고 나오던 다음 날 "고통도 이런 고통 없다." 하시던 물기 젖은 음성이 왜 그리도 측은하던지. 당신이 수술받기 전 염려한 것은 마취에서 깨어난 뒤의 아픔만은 아니었다.

"내 팔순 생일 때 너희 다 백만 원씩 내 손에 쥐어줘야겠다. 제주도로 여행을 갔다 오든지 내 알아서 하마."

아버지 기일을 맞아 모인 형제들이 살아온 날들과 살아갈 날들로 두런두런 이야기꽃을 나눌 때 불쑥 꺼낸 이 한마디로 어머니는 누나들과 한참 갈등을 빚었다. 어머니의 철저한 믿음이 누나들로부터 외면을 받은 것은 나로서도 잘 이해가 되지 않았다. 하필이면 자형들이 모두 있는 자리에서 굳이 돈 얘기를 꺼내야만 했느냐는 게 누나들의 볼멘소리였다. 저마다 팍팍한 살림을 살아가는 형편이다 보니 불거진 일이다.

"늘 하던 대로 하면 될 일을, 백만 원이 적은 돈도 아니고, 왜 지금에 와서 그러시는지 모르겠네."

대뜸 앙칼진 반응을 보인 건 셋째 누나였지만 다들 공감한다는 듯 거들고 나섰다. 마흔일곱에 상부喪夫한 어머니의 외줄 타는 심정으로 살아온 역경의 시절을 누구보다도 곁에서 봐왔을 자식들이 아닌가. 사십여 년 동안 어머니를 외줄 위에 세워놓은 사람은 아버지였다. 아버지는 마흔아홉의 나이로 돌아가실 때까지 어머니의 어깨를 짓누르는 고통의 무게였다.

"이번 수술비는 아비 네가 어찌 해봐라. 나는 손 벌리고 싶지 않다."

어머니는 수술 전 나와 아내에게 이리 신신당부하셨다. 내색 없이 감내하고 혼자 해결하는 게 익숙한 나는 장남이다. 수술해야겠다고 했을 때 누나들이 한결같이 연세가 있어 다들 힘들다고 하는데 치료나 받고 좀 버티시지 왜 수술하느냐고 불평불만 하더란 게 어머니의 항변이었다. 인생 오복 중 수壽, 장수를 누리려면 강녕康寧, 건강해야 한다는 이치를 어머니는 잘 알고 계셨다. 하지만 누나들은 워낙에 연로하셔서 수술 후 재활을 과연 어머니가 잘 이겨내실지 염려스럽다고 했다. 혹여나 잘못해서 후유증이라도 생기면 그 뒷감당은 어떡하느냐고, 수술해도 말끔히 낫는다는 보장이 없다는 게 더 큰 문제였다.

어머니가 수술실로 들어가던 날은 월요일 아침이었다. 영국의 90세 할머니는 의료용 소파에서 담담하게 앉아 코로나 첫 백신을 접종받았지만, 여든셋의 어머니는 이동 침대에 누워 수술용 모자를 쓴 채 다소 겁먹은 모습으로 멀끔히 아들의 얼굴을 잠깐 바라보다 수술실로 들어가셨다. 마치 긴 터널 속으로 빨려 들어가듯이. 수술실 문은 안과 밖이 완전히 다른 세계이지 않은가. 수술은 그렇게 한 시간이 걸렸다.

어머니의 걱정은 그저 괜한 게 아니었다. 수술비를 두고 칠 남매의 의견이 분분했다. 저마다 꾸려가는 삶의 무게가 다르다 보니 분담금은 공평하게 나눠도 공평한 게 아니었다. 돈의 천칭天秤으로 달아야 하는가에 대한 회의감도 들었다. 둘째 누나는 빚을 내서라도 마지막 한 번 자식 노릇을 해야 한다고 핏대를 올렸지만 번번이 부딪히기만 했을 뿐이다. 큰누나는 저마다의 속사정을 다 꿰고 있으니 지레 난감해하며 돈 문제와는 선을 그었다. 결국 자발적인 양심 납부에 들어가자 애초 우려와 달리 수술비는 어렵잖게 거둬졌다. 백만 원이 넷, 셋은 똑같이 약략스럽게도 삼십만 원씩 보내왔다. 금액의 많고 작고는 문제 삼지 않기로 했다. 부족분은 곗돈에서 충당하기로 했다. 우려는 컸지만, 어머니의 쾌유를 비는 기도만큼은 공평하게 나뉠 수 있어 다행이라 생각했다. 새삼 생각해보니 장남인 나에게 수술비 전액을 부담하라 하신 건 형제간 우애에 실금이 가서도 안 된다는 게 어머니의 속뜻임을 깨닫는다. 어머니는 진작에 수술비가 공평하게 분배되지 못할 거라는 걸 알고 계셨던 걸까.

어머니가 퇴원하자면 아직 보름이나 남았다. 입원해 있는 동안 재활을 잘해서 퇴원하는 날은 거짓말처럼 꼿꼿한 두 다리로 온전히 혼자만의 힘으로 걸어 나오시기를 기대해본다. 여자는 약하다지만 어머니는 강하지 않은가.

우리들의 밥상

혼자서 먹는 밥을 시쳇말로 '혼밥'이라 하는 시대에 밥상은 낯선 사물에 불과하다. 방 한구석에 처박아 두었다가 외출할 수 없거나 어느 특별한 날을 기념해 다수가 오붓이 자리해야 할 때 꺼내게 되는 것. 이쯤 되면 귀한 대접받는 물품에 속한다.

어머니는 오랫동안 둥근 앉은뱅이 소반에 두어 가지 반찬만으로 끼니를 해결하셨다. 거실 테이블을 가끔 식탁 대용으로 사용하셨지만, 방바닥에 놓고 드시는 일은 없었다. 별다른 반찬이 없어도 상床차림을 하고 사셨다. 깔끔한 성격이 남 못지않았다. 며칠 전 칠이 벗겨진 작은 소반을 새것으로 바꿨다.

올해로 여든넷, 적지 않은 연세에 무릎 인공관절 수

술은 어머니 인생에서 가장 큰 고통이었다. 마흔일곱에 상부喪夫한 어머닌 아버지가 돌아가실 때도 이러진 않았다고 담담하게 말씀해 적이 놀랐다. 아버진 어머니에게 그런 존재였다.

담당 의사는 생활습관을 바꿔야 한다고 조언했다. 침대를 써야 하고, 식사는 식탁에 앉아서, 걷기 운동을 꾸준히 해야 한다고. 퇴원하는 날 가구점에 들러 의자에 앉아서 먹기에 안성 맞춤한 걸로 식탁을 하나 샀다. 어쩜 이렇게 앙증맞냐고 좋아하셨다.

어린 시절, 우리 집 밥상은 여섯 명이 둘러앉는 두리반이었다. 그 단출한 상床은 어머니가 허리를 졸라매고 가꾸는 공간이었다. 푸성귀로 가짓수를 늘린 알량한 밥상머리에서 누구 하나 투정하는 법이 없었다. 타지로 나간 세 누나가 없는 밥상은 허전하고 쓸쓸했다. 넉넉지 못한 가정형편에 남들보다 일찍 직장을 찾아 떠난 빈자리. 남은 우리 사 남매가 커가면서 상도 비좁아지기 시작했다.

우리들의 밥상에서 맨 먼저 자리를 떠난 건 아버지였다. 위암으로 한 차례 수술을 받았지만, 집으로 돌아와서도 제대로 된 밥상 한 번 받아보지 못하셨다. 잘려나간 위 길이만큼이나 생명줄도 짧아지셨다. 아버지가 돌아가시고 얼마 후 여동생 둘도 누나들처럼 그렇게 떠나 식구가 허룩하게 줄었다. 어린 날의 행복, 돌이켜 보면 그건 찰나처럼 지나가 버렸다.

이후 식구들의 밥상 크기는 그대로였지만 늘어난 빈자리와 사라진 웃음에 몹시도 허전했다. 어머니와 어린 두 아들이 마주한 밥상이 어찌 그리 화기애애할 수 있었겠나. 그때 알았다. 여동생들과 함께했던 밥상이 얼마나 정이 있었고 따뜻했는지. 다시 그 시절로 돌아갈 수만 있다면 여동생에게 살갑게 해주리라. 오순도순 애기꽃에 밤늦도록 장난질하며 반짝이는 밤하늘 별을 세 보리라. 반찬이 없으면 어떠랴. 웃음꽃 만발한 행복 가득한 밥상이 또 어디에 있을까.

우리는 작고 아담한 슬레이트집에서 꿈을 키웠다. 광부였던 아버지가 시골로 귀향歸鄕한 것은 어머니의 완고함이 결정적이었다. 사람과 어울리기 좋아하셨던 아버지에게 있어 큰 단점은 노름을 한다는 것이다. 어머니는 그런 아버지의 못난 버릇을 시집오고서야 아셨다고 한다. 어머니 가슴에 대못으로 박힌 노름은 아버지에 대한 원망으로 거미처럼 새까맣게 타들어 갔다. 이러니 어찌 어머니에게 아버지를 향한 일말의 애틋한 정이 남아있겠는가. 종중宗中에서 마련해준 작고 초라한 집에서 새 삶을 살고자 하셨던 어머니의 소박한 바람은 그렇게 시작이 됐다.

얼마 되지 않는 논밭뙈기에 농사를 짓고 살았던 부모님은 매년 동짓달 스무날이면 종중 계추를 치르셨다. 얼추 50명쯤 되는 사람들이 서로 만나 안부를 묻고 이런저런 이야기를 나누는 모임 자리다.

나는 이날 부모님을 도와 종중 어른들께 올릴 국밥과 술, 안주를 개다리소반에 얹어 날랐다. 우리 집 위쪽에는 '송암서당'이란 현판이 걸린 기와 얹은 오래된 서당이 있었는데 그곳에 다들 모여서 세상사 돌아가는 이야기를 나눴다. 동짓달 찬 바람 맞으며 개다리소반을 들고 바지런히 쫓아다니다 보면 어느새 해가 뉘엿해지곤 했다. 이따금 티브이에서 사극史劇이라도 볼라치면 주막이 나오는 장면에서 개다리소반을 보곤 했는데, 그때의 기억이 소록소록 떠오른다.

누나들은 가진 것이라곤 손바닥만 한 땅뙈기도 없는 터수에 돈 벌러 타지로 일찌감치 떠났다. 그런 누나들과 밥상을 같이한 기억이 없다. 아슴아슴한 추억 하나쯤은 있을 텐데 아무리 생각해도 떠오르지 않는다. 우린 그렇게 살아왔다.

뿔뿔이 흩어졌던 가족이 한데 모여 함께 식사하는 날은 제삿일과 두 번의 명절뿐이다. 제상祭床에는 우리가 평소 먹어보지 못한 기름진 음식들이 올라와 늘 설렜다. 과일, 갖가지 나물들, 전, 떡, 생선 등등 진설을 보고만 있어도 배가 절로 불러왔다. 우린 생전의 아버지에 대한 추억으로 밤이 깊어가는 줄도 모르고 하얗게 새며 희붐하게 다가오는 이별을 아쉬워했다.

누나 셋이 결혼을 하고 해마다 식구가 불어나면서 제상祭床의 크기도 바뀌었다. 교자상 한 개로도 부족해서 두 개를 이어 붙여야만 제대로 앉아 먹을 수 있었다. 여든넷 어머니마저 머지않아 돌아가시면 더 허전하고 쓸쓸함 속에서 제삿밥을 먹게 될 것이다. 대개 부모님 사후에는 형제간도 소원해진다고들 한다. 사위와 며느리로 새롭게 가족을 구성한 것을 계기로 그들도 새 밥상을 차릴 것이다.

나에게는 소박한 소원이 있는데 그중 하나는 어머니와 작은 소반에 마주 앉아 함께 밥을 먹는 일이다. 무릎 인공관절 수술로 편히 방바닥에 퍼질러 앉아 얼굴을 맞대고 먹는 일이 어렵게 됐지만, 열심히 재활한다면 불가능한 일도 아닐 것이다. 작은 소반小盤을 두고 불편한 다리를 옆으로 뻗치고 앉아 좀은 어색한 모습으로 밥을 먹으면 어떠랴. 곧 내 나이 예순이면 어머니 연세도 구순, 함께할 날이 얼마 남지 않음이 서글프기만 하다. 하지만 살아생전 좋은 추억이라도 쌓자면 밥상을 함께하는 일이 제일 좋을 성싶다. 다가오는 주말엔 맛집을 찾아볼까 한다. 앞으로 어머니와 자주 할 새로운 밥상을 찾아서.

풍화의 흔적

세상의 온갖 꽃과 풍광을 보고, 귓불을 간지럽히는 살가운 바람 소리의 미세한 떨림, 맛난 음식에서 충만함을 느낀다. 어느 날 이러한 감각에 굴곡이 생긴다면 얼마나 황망할까. 느낀다는 것은 살아있음의 증좌, 신체 어느 부분의 감각이 무뎌가는지 헤아려 볼 나이가 돼 가니 인생무상하단 말이 새삼스러움을 넘어 그저 씁쓸하다.

며칠 전 여름휴가라고 따로 날을 잡지 않고 대전에 사는 둘째 누님이 다녀간 적이 있다. 늘 일에 쫓겨 사는 동생을 위해 온다 간다 말없이 다녀가는 성미가 천상 어머니를 닮았다. 당신에 대한 곡직한 사랑만큼은 칠 남매 중 제일이다.

"엄마 모시고 언제 한번 이비인후과에 가서 귀 검사를 받아봐야 할 것 같다."

어머니와 점심이라도 할 겸 때맞춰 왔다가 귀가 잘 들리지 않는다는 소릴 듣고 걱정이 돼 이비인후과에 들렀더니 연세가 있어 이젠 보청기를 하셔야 할 것 같다는 얘기를 듣고 더럭 가슴 한쪽이 내려앉았다. 지난해 늦가을부터 인공관절 수술로 여태 고통을 안고 계신 터라 걱정거리가 늘어난 게다. 어머니의 적잖은 연세를 생각하면 어쩜 자연스러운 일이건만, 이때까지 귀는 염려에 두지 않고 지냈다. TV를 보시더라도 소리 좀 키워달라고 하신 적이 없었으니 눈치 못 챌 수밖에 없지 않은가. 나 역시 볼륨을 크게 하고 보는 편이니 여느 사람들에 비해 어느 정도의 청력을 가졌는지 관심을 두질 않았다.

그러고 보니 내가 무슨 말을 하면 금방 알아듣지 못하시고 재우쳐 묻곤 하신 적이 더러 있다. 무심하게도 연세가 있으시니, 응당 그러려니 했을 뿐이다. 어머니의 청력은 가는 세월만큼이나 아주 조금씩 상실돼 갔음을 뒤늦게나마 깨닫는다. 어느 정도 심각하다는 것인지 몹시 걱정됐다.

며칠 후 이비인후과를 다시 찾았다. 보청기 가게를 운영하는 후배가 있어 검사를 통해 장애진단이 나올

지 먼저 검사한 뒤의 일이다. 마침 어머니를 기억하고 있는 간호사가 검사 기록지를 재빨리 찾아 의사에게 건네 진료가 신속하게 이뤄졌다.

어머니를 진료한 의사가 "장애진단이 나오겠는데요."라고 말했다. 값비싼 보청기를 의료보험 혜택을 받아 사려면 장애등급이 필요했다. 정밀검사 일정을 잡으려고 하니 이미 일정이 다 잡혀 간호사가 난감해 했다. 두 번째로 받는 검사는 1주일 내로 해야 한다는 규정이라도 있었던 모양이다. 어렵게 일정을 정해 2시간의 검사를 마치던 다음 날 저녁 어머니와 텔레비전 앞에 마주 앉았다. 주말이면 늘 즐겨보는 KBS《김영철의 동네 한 바퀴》를 보기 위해서다. 이 시간은 오롯이 어머니와 나만의 시간이다.

"너무 속상해하지 마시고, 보청기 하시면 훨씬 듣기 편하다고 하니 좋게 생각하셔. 나이 드시면 다들 그렇다고들 해."

어머니는 보청기를 해야 한다는 걸 전혀 달가워하지 않았다.

여든넷이 되도록 이齒牙만큼은 틀니 안 하고 사시는 걸 자부심으로 생각하시는 어머니는 아직도 당신이 누구보다도 건강하다고 믿고 계신다. 어머니에게 인공관절을 수술한 의사는 "할머니는 고집이 센 게 병"

이라며 지청구를 하곤 했다. 의사가 하라면 하면 될 일을 말을 안 들어 자주 병원을 찾게 되면서 곤잘 퉁도 먹곤 했지만, 어디 고집이란 게 하루아침에 고쳐지던가? 아주 몹쓸 병이다.

유독 우리 집 형제들은 귀가 좋지 않아 중이염을 누구랄 것도 없이 앓았다. 닮을 걸 닮아야지 그런 걸 닮는다고 큰자형은 자주 핀잔을 줬다. 소싯적에는 수술이라곤 엄두도 못 내고 살다가 다들 성인이 되고서야 제 능력으로 병을 치료했으니, 어머닌들 온전치 못한 귀에 대한 불편을 입에 담지 못했으리라 지레짐작해 본다. 다행히 어머니의 귀는 중이염으로 인한 것은 아니었다. 세월이 앗아간 풍화의 흔적이다. 방치하면 치매 발병률이 5배나 높다고 하니 못내 두렵고 께름칙해 보청기를 서둘러 하기로 한 게 잘한 일이라고 생각했다.

성격이 깔끔하고 다혈질로 기분 상하거나 경우가 틀린 일을 보면 곧장 불같이 성화를 내시는 타고난 성정은 분명 남다르다. 나는 장남이라는 무게를 지고 살아오면서 숱하게 당신과 다퉜다. 금세 풀릴 일도 참지 못하고 내뱉은 말로 인해 몇 날이고 어머니를 찾지 않은 일도 수월찮게 있었다. 당신도 서운한 일을 서운하다 조곤조곤 말씀하시는 성격이 아니다 보니 자주 다

투며 세월이란 이불을 함께 덮고 살아왔다. 어찌 보면 이 또한 귀가 너무 밝아서 생긴 일인 것 같다는 생각이 든다. 듣기 싫고 기분 상한 소리를 진즉에 잘 듣지 못했으면 얼마나 좋았을까마는, 다툴 일도 적었을 뿐더러 오히려 알콩달콩 이야기를 나누지 않았을까 하는 억측에 괜스레 웃음이 나온다.

인생 100세 시대에 어머니는 근래 하신 일이 너무나 많다. 허리협착증 수술, 두 다리에 인공관절을 한 일도 얼마 되지 않아 보청기까지, 이러다간 100세를 거뜬히 넘기고 천수를 누리지 않을까. 웬만한 병쯤은 치료해 가며 오래도록 건강하게 살아가는 게 이 시대 노년들의 희망이다. 의학의 혜택을 온전히 누리며 삶을 영위하시는 어머니의 말년을 생각하면 기분이 좋다.

보청기를 하시게 되면 무슨 말을 가장 먼저 들려줄까.

혹여 쉰다섯 아들의 늘어진 음성을 듣고 되레 걱정거리 하나 더 늘지나 않을까 근심이 보태진다. 예전에 아침 식사를 하며 국을 찾으니 "아비도 이젠 나이가 들어가는가 보다."고 말씀하셨던 일이 새삼 떠오른다. 허투루 듣는 게 없는 부모의 마음이 한없기만 하다. 좋은 소리만 듣고 모든 걸 보듬으며 인자하신 할머니로 여생을 보내시길 비손해본다.

낯선 남자

이때껏 심하게 다툰 적이 없는데, 그날 일은 아무리 생각해도 의외였다. 무심코 한 일이 한 사람의 가슴에 못으로 박혔다. 여든이 훌쩍 넘은 어머니가 가슴을 치며 통탄해하던 일은 아버지의 떠남 이후 한 번도 본 적이 없기에 당황스러웠다. 어두한 골목길 어귀에서 불쑥 튀어나온 누군가와 맞부딪혔을 때의 놀라움보다도 더한 무서움이 엄습해왔다. 진정 왜 그리 화가 나셨던 걸까?

여러 날이 지나고 어느 날 오후, 걸려온 어머니의 전화를 여느 때처럼 무심히 받았다. 다짜고짜 울분이 섞인 음성이 내 심경을 마구 흩뜨려 놓았다.

"너는 나를 어떻게 생각했는지 몰라도…. 어찌된 일인지 말해봐라. 동거인이라니. 멀쩡하게 잘 살고 있는 내 집에 그것도 칠십이 넘은 남자가 왜 이름자를 올려놨는지?"

한참 이어진 어머니의 말 어디에도 내가 끼어들 찰나는 없었다.

얼마 전, 소상공인 재난지원금을 시청에서 지급한다는 정보를 우연히 접한 일이 있다. 지역에서 고만하게 신문사를 운영해오고 있는 나는 신문 마감을 위해 못다 채운 분량을 만회하기 위해 시청 홍보실에 연락해 기삿거리가 될 만한 거리를 보내 달라고 했다. 때마침 보내온 것 중에 재난지원금 지급과 관련한 내용이 있었던 게 빌미가 됐다. 지급 자격요건 중에 대표자가 지역에 주소를 둬야 한다는 조항이었는데, 기준일이 바로 다음 날이었다. 순간 당황스러웠다. 지난번 1차 지원 때 백만 원을 지원받지 못한 일이 있고 보니 이번에는 꼭 받아야 하겠다는 욕심이 컸었던가 보다. 당시 시각이 오후 4시를 막 지나고 있었고, 공무원 퇴근 시간 전에 처리해야 했기에 하던 일을 제쳐두고 전입신고부터 서둘렀다.

실상 신문사 대표자 명의는 정작 내가 아니라 서울 출향인으로 돼 있어 자칫 머뭇거리다가는 이번에도 못 받을 지경이었다. 이러저러하게 서둔 덕에 다행히 퇴근 전에 겨우 할 수 있었다. 이 일로 신문 마감은 저녁 늦게 끝이 났다. 그다음 날부터 줄곧 바쁘게 움직이다 보니 어머니께 자초지종을 설명한다는 게 그냥 지나쳐버려 이리 사달이 난 게다.

하루는 통장統長이 들러 어머니에게 전입 사실을 확인차 물어보는 바람에 생면부지 사내의 나이가 칠십 중반이라는 게 들통이 났다. 어머니는 "안 그래도 말 많은 사람인데 이웃에 떠벌리고 다니면 금세 소문이 파다하게 날 텐데 이를 어찌한단 말이냐?" 낯을 들고 놀러도 못 나갈 판이라고 하소연하셨다. 혼자 평생을 수절하며 칠 남매를 키워오신 어머니의 항변, 예상치 못한 일이다.

어디 그뿐인가. 지금까지 겨울이면 무상으로 받아온 연탄 쿠폰도 내년부터는 못 받을 거라고 으름장을 놨으니 어머니는 걱정이 태산이었다.

"살다 보니 이런 꼴도 다 겪는다. 니들 거두느라고 꽃 같은 나이에 혼자되고 재가도 못 하고 지금껏 고생하며 살아왔는데 늘그막에 이게 무슨 꼴이고."

신세타령도 이쯤 되면 나로서는 입이 열이라도 할 말이 없었다.

어머니의 부아를 더 크게 키운 건 오히려 나의 무람

없는 격한 대응이 문제가 됐다. 동거인同居人의 개념에 대해 이해가 부족한 어머니의 억지라는 생각이 들어 오히려 목청을 높인 게 불쏘시개가 됐다.

"어허, 뭐라 카나, 니 지금. 어찌 그게 큰일이 아니냐. 내 지금껏 살아와도 남사스러운 일에 휘말려 본 적이 없는데. 이 동네 사람들 남 일이라면 얼마나 입이 걸게 말하는지 니 아나? 당장 통장한테 직접 설명해라."

그렇게 성사된 통장과의 통화는 오랫동안 이어졌다.

동거인同居人, 법상 가족이 아닌 사람이 해당 주소로 전입을 하면 행정적으로 표기하는 걸 어머니는 불순하게 생각하셨다. 결혼식도 안 하고 함께 살아가는 것은 못돼먹은 집안의 사람이나 하는 일이라고 생각한 터. 그러니 아무리 잘 설명한다고 해도 이해하려 들지 않는 데야 무슨 뾰족한 수가 있을까. 당신이 홀로 살아오신 지난한 삶을 어찌 아들인 내가 모를까마는, 나이가 들수록 혜안이 흐려지고 이해심이 외려 더 좁아진 듯해 안쓰러웠다. 예전 내가 알던 어머니는 저런 분이 아니셨는데 어찌 저러실까? 한글쯤은 직접 쓰고 읽을 줄 아시는 분이 '동거인'에 대해 윤리적인 잣대로만 편협하게 생각하고 계셨다. 고정관념, 그건 쉬 무너뜨릴 수 있는 모래성이 아니라 바위 같은 거고, 아들의 말조차 믿지 않으려는 불신의 끝. 온몸을 부르르 떨며 빤히

내 얼굴을 바라다보던 어머니의 성난 얼굴은 재삼 떠올리기조차 두렵다.

항상 모자간의 불화는 조곤조곤하게 설명하지 않는 황소바람 같은 나의 언변이 화근이었다. 무정하다 할 법한 무뚝뚝한 한마디에 상처받는 연치가 되신 어머니를 곁에서 모시고 산 지도 어언 사십 년이 돼가니 이만한 일은 그러려니 할 수도 있지만, 더 이상의 오해는 안겨드려서는 안 되겠단 생각을 새삼 해본다. 마음의 상처만큼 아픈 건 없다. 사신들 얼마나 오래일까를 생각하면 괜스레 눈물겹다.

“내 화나면 기분 풀어주는 거는 그래도 아비 너밖에 없다.”

어머니가 평소 하시던 말씀을 되뇌어 보고 위안으로 삼는다. 한 집안의 맏이로서 짊어진 어깨에 얹힌 무게감을 감내해야 하지만 아직 내겐 그것이 버겁다.

벚꽃 그리고 별

성동마을

왕벚나무 두 그루를 심은 적이 있다.

시내와 인접한 곳에 함초롬히 자리한 성동마을. 봄날 아침이면 집 앞을 지나가던 과수원 할배가 호미 든 어머니와 눈인사를 나누던 모습이 여태 생생하다. 너른 잔디를 마당으로 둔 집, 나지막한 담장 옆으로 가시장미꽃과 붉은 단풍나무, 석류, 산수유가 제철이면 색색의 꽃을 발하던 그 집에서 어머니는 홀로 십삼 년을 사셨다. 평생 이사만 열두 번 하셨던 팍팍한 삶이 하도 안쓰러워 마련한 집을 어머니는 기쁜 마음으로 품으셨다. 넓은 잔디 손질에 호미 서너 자루 닳아 없애도록 허리가 아파도 기꺼워하셨다.

대문 양쪽으로 심은 왕벚나무는 참으로 빨리도 자랐다. 대지 400평 큰 집이 허전하다 싶어 느티나무와 함께 심은 거였다. 3월 중순이면 꽃망울 터뜨리던 벚꽃의 하얀 잎을 바람이 시샘하고 떨구면 그마저도 '어쩜 저리 이쁠까?' 하시던 감탄이 지금도 간절히 듣고 싶다. 세월만큼 굵게 자란 벚나무가 해마다 흐드러지게 꽃잎을 피우는 동안 그새 어머니는 팔순의 할미가 되었다. 머리엔 하얀 벚꽃이 살포시 앉았으니 당신이 봄의 전령사.

하얀 목련도 한 그루 있었다. 봄비라도 내리는 날이면 너른 잎이 오롯이 비에 젖는 게 내 마음을 바늘로 찌르는 듯해 진종일 우울해했다. 하얗다는 건 꼭 지고지순함만은 아닐 터. '속이 하얗게 탄다'라는 속앓이 같다고 가끔 생각했다.

매끈한 자연석이 집 이층 주변을 두르고, 돌 틈으로 생명력을 이어온 연산홍은 그 빛깔이 붉어 집 외벽과도 잘 어울려 끔찍이도 아꼈다. 이름도 이쁘거니와 벚꽃과 목련이 가지지 아니한 정열적인 색이라 한결 마음이 따뜻해 자주 물을 준 기억이 또렷하다. 아낌없이 주는 것만큼 연산홍도 빛살에 제 본래의 색을 도드라지게 애교를 부려 내 마음을 기쁘게 했다.

조경업자가 선물로 심어준 '마로니에'는 이름에 비해 나무의 자태가 썩 마음을 끌지 못해 늘 시난고난 정원 한쪽 가에서 쓸쓸한 시간을 홀로 보내며 하늘로만 커갔다. 가을이면 고추잠자리가 홀로 앉았다 날아갔다. 넓고 커다란 잎도 갈색으로 추락해 마당 한쪽에 놓인 가마솥 불쏘시개로 그 쓰임을 다했다.

세상일은 열정을 쏟은 만큼 취하는 게 이치라 했던가. 하물며 식물도 애정을 받지 못하면 급기야 시들어 감을 어찌하랴. 벚꽃이 흐드러지게 핀 광경을 보고 감탄해하는 뭇사람들의 환호가 오래도록 이어지는 걸 의심하지 않는다. 매년 봄, 벚꽃이 기다려지는 건 낙동면 성동리 어머니의 집이 그리운 까닭이겠다.

긱골마을

어린 시절 내 고향 긱골은 해거름이면 집집 굴뚝에 흰 연기가 소록소록 피어나던 전형적인 시골 마을, 씨족들이 여남은 모여 살았다. 마을 앞은 너르펀펀하니 논들이 펼쳐있고, 먼 산동네 불빛은 별빛처럼 산자락에 소복이 내려앉았다. 모깃불 피워놓고 마루에 드러누워 하늘을 보면 왕소금 흩뿌려 놓은 듯 별들이 차오르고 그 하늘을 이불 삼아 누워 별자리 찾다 보면 새록 잠에 빠져든다.

마당 한편의 샘은 부엌과 연결됐다. 된장과 고추장, 간장 등을 담아놓은 장독들이 높낮이대로 가지런히 놓여있다. 머릿수건 두른 어머니가 식구들의 식사를 위해 수시로 드나들던 맛의 창고다. 마중물로 자맥질해 퍼 올린 샘의 물은 달큼하니 시원해 바가지로 벌컥벌컥 들이켜던 상선약수. 여름철이면 수박과 참외 동동 띄워놓기도 하고 어푸어푸 등물 켜던 곳.

샘 가장자리에 숫돌 하나 놓여있다. 거뭇하지만 미끈한 피부를 가졌으며 구부정하게 파인 등마루가 단단한 돌의 위용과는 거리가 멀다. 제 몸 갈아 그동안 농삿일 위해 얼마나 많은 연장들의 날을 세워왔을까. 싸리나무 엮어 만든 마당 빗자루도 몽당연필처럼 짤막해졌다. 빨랫줄 받쳐 든 바지랑대만이 하늘 향해 직선으로 서 있다. 그 끝에 살포시 내려앉은 잠자리는 볕살을 온몸으로 맞으며 가벼운 바람에 날갯짓으로 중심을 잡는다.

비좁은 방, 솜이불 덮고 살 비비며 살던 집은 방 두 칸의 슬레이트 흙집이다. 문종이 바른 널문 틈으로 왜 그리도 겨울철 찬 바람은 스멀거리며 코끝을 시리게 했던지. 교교한 달빛이 문종이에 어리는 날 머리맡에

켜둔 트랜지스터 라디오에서 흘러나오는 잔잔한 음악을 듣다 보면 나도 모르게 잠이 든다. 긴 겨울 누근누근 눌어붙은 장판 아랫목 이불 속에 묻어놓은 밥그릇의 온기가 그립다.

어머니의 짜장 칼국수

어머니가 덜컥 입원했다. 노년에 친구처럼 찾아든다는 '척추관 협착증' 수술을 했다. 병명과는 상관없어 보이건만 그때부터 노모는 영 입맛을 찾지 못했다. 그런 어머니를 곁에서 보살핀다는 것은 쉬운 일이 아니다. 채널마다 먹음직스러운 메뉴들이 진을 치고 있지만, 당신은 정작 입맛 당길 그 무엇도 없다며 멍하니 화면에 시선을 고정할 뿐.

얄팍한 내 지갑 사정을 염려하신 배려는 아닐 터, 입버릇처럼 요즈음은 무얼 먹어도 입맛이 없다고만 하시니 어쩌랴. 바람끝 맵기가 수그러든 어느 날 여느 때와 같이 어머니를 찾았다. 막 정오를 지난 무렵이라 사선으로 비껴드는 겨울 햇살이 유리창을 투과해 거실

한자락을 데우는 중이었다. 그런데도 차가운 바람을 막기 위해 드리운 커튼으로 인해 방 안은 어둠살이 여전했다. 팔순을 훌쩍 넘긴 노모의 얼굴에도 겨울이 깊다. 굽어진 허리에 병색 짙은 초췌한 얼굴을 마주하고 앉아있으려니 마음이 무거웠다. 되레 "어떻게 점심은 했느냐."며 아들의 끼니를 묻는 어머니의 나직한 음성을 듣고 있자니 눈 속에 피어나는 복수초와 진배없었다. '그래 엄마의 입맛을 찾아 드시게 하고 어여 어머니의 봄을 찾아드리자.'

식은밥이라도 차리겠다는 당신의 손을 잡고 모처럼 집 밖을 나섰다. 우윳빛 뚝뚝 떨어지는 생굴이 괜찮겠다는 생각에 해산물 전문음식점을 찾았다. 기력 회복과 입맛 찾는 데는 굴이 최고가 아니던가. 어머니는 굴이 가득한 따순 굴국밥을 주문했다. 수많은 날을 혼자 밥상머리를 지키며 한 끼 식사를 해치웠을 날들이 떠오른다. 그 쓸쓸했던 숟가락에 늦게나마 철들어 가는 맏아들의 사랑이 얹힌다.

지난 세월을 되작여 본다. 너 나 할 것 없이 가난했던 시기에 국수는 주린 배를 채우기에 모자람이 없었다. 어머니는 유난히 칼국수를 좋아하셨고 잘 만들었다. 장날이면 아버지와 어머니는 시오리 길을 걸어서

읍내에 다녀왔다. 아버지는 기름에 튀겨 낸 통닭을 누런 포대종이에 담아 오시고 어머니는 윤기 나는 거무스름한 자장면 소스를 사 오셨다.

그런 저녁이면 엄마는 홍두깨로 넓적한 국수판을 밀고 말고 풀어 칼국수를 만드셨다. 감자와 함께 끓여 낸 칼국수에 낮에 사 온 짜장소스를 버무리면 비로소 엄마표 짜장 칼국수가 완성되었다. 통닭 한 마리를 놓고 맹금류처럼 뜯고, 윤기 나는 칼국수를 훌훌 퍼먹고 나면 파랑새는 늘 곁에 있었다. 푸성귀에 섭생이 절어 있던 시골 아이의 부실한 체력에 단백질이 공급되자 부쩍 오른 살에 힘이 절로 났다. 다문다문 된장국, 수제비, 배추겉절이가 밥상에 올랐다. 넙적넙적한 상추의 물기를 털어내고 밥을 두어 숟갈 푹 떠서 된장을 반 숟갈 듬뿍 얹어 한입 쩍 벌어지도록 먹고 눈을 끔뻑하면 목울대가 아래위로 오르내렸다. 아무리 생각해도 폼나지 않은 우리 집만의 만찬이었다.

그렇게 씀벙씀벙 정 나던 밥상에서 아버지의 부재는 컸다. 아버지는 마흔아홉에 사바세계와 이별을 했다. 자연스레 어머니는 장남인 내게 각별한 정을 쏟으셨다. 젊은 나이에 집안의 대주가 되어버렸다. 도시는 꿈이었다. 그렇게 어머니 이웃에서 곁을 지킨 빌미가 돼 여태껏 어머니 품을 벗어나지 못한다. 지금도 몸과 마음이 힘들어서 지치곤 하면 산해진미보다 엄마의 손맛을 먹고 집으로 돌아간다. 귀찮을 법도 하건만 한 번도 싫단 소리 하지 않고 콧노래 흥얼거리며 된장국 끓이시던 어머니는 나를 존재케 한 분이며 나의 존재엔 늘 어머니의 음식이 있었다.

식당 창으로 겨울 햇살이 내리친다. 어머니는 굴국밥 한 그릇을 마저 잡숫지 못하고 머리를 저으신다. 대신에 굴이라도 다 드시라며 건더기를 건져 드렸다. 사십여 년 전, 손수 홍두깨로 밀어서 만든 칼국수에 짜장을 감자랑 섞어 만든 자장면을 우리에게 먹이며 잘도 잡숫던 어머니의 왕성한 식욕, 다시 볼 수 있을까. 엄마의 '입맛 없다. 밥맛 없다.'는 혼잣말이 내 가슴에 와서 꽂힌다. 당신이 내게 해준 정성을 생각하면 가슴이 아리다. 콩 한 알도 나누어 먹는 가족애가 각별히 요구되던 궁핍한 시절을 보낼 수 있었던 것은 온전히 어머니의 사랑과 희생으로 빚어낸 밥상이었다.

어머니라는 존재는 그저 자식들 먹이는 일이 세상의 전부인 양 살아왔다. 세상에서 가장 행복해지는 순간이 내 논에 물 들어갈 때와 자식들 입에 밥 들어갈 때라는 옛말이 있지 않던가. 밥 먹는 자식들을 대견하게 바라보는 어머니들의 풍경은 지상에서 가장 흔하고 가장 아름답고 또 조금은 슬픈 듯해 보이는 풍경이다.

지금도 그 맛을 잊지 못하는 동생들은 자주 그때의 칼국수 이야기를 하곤 한다. 서둘러 산자락에 봄이 내려오면 동생들한테 전화를 넣어 볼 참이다. 우르르 몰려와 엄마표 짜장 칼국수가 먹고 싶다고 생떼를 써보자고. 굽은 허리에 콧노래를 흥얼거리며 칠성급 셰프로 돌아갈 수도 있으리라. 만들면서 잃어버린 입맛을 찾을 수도 있지 않을까.

2
광부와 라면

광부와 라면

어쩌다가 시간적 여유가 돼 문경聞慶에 갈 일이 있으면 빼놓지 않고 들르는 곳이 석탄박물관이다. 스님들의 수행도량인 봉암사鳳巖寺 가는 길목에 위치한 가은은 산골짝 중에서도 오지였다지만 다 옛말이다. 마성 소야교에서 승용차로 십오 분 남짓이면 갈 수 있다.

문경은 '새도 한 번에 날아서 넘지 못한다는 고개' 문경새재가 있어 해해연년 찾는 이가 많다. 곳곳에 가볼 만한 곳이 많다지만, 유독 석탄박물관에 가면 아련한 추억으로 눈시울이 뜨거워지곤 한다.

아버지는 5년 남짓 팔자에도 없는 광부로 일하신 적이 있다. 외갓집은 문경 마성면 외어4리에서 조그만

집 한 채에 땅마지기가 많지 않았다. 외할아버지는 박수男巫로 생활하셨고, 늘 깔끔한 한복차림이셨다. 외할머니는 그런 외할아버지를 뒷바라지한 현모양처이셨다. 두 분은 살아생전 소담하니 정답게 사셨다.

상주시 사벌면 매호리에서 방앗간 일을 하셨던 아버지는 생전 노름의 굴레에서 벗어나지 못했다. 결혼하고 군에 가셨는데, 어느 날 휴가를 나와 자대 복귀를 하지 않아 탈영병 신세가 되셨다. 산간벽촌을 찾아 숨어든 물가 매호에서 나는 세상의 빛을 보았다. 숨어 사신 것도 죄라면 죄인데, 그 와중에 노름에서 손을 씻지 못한 건 당신의 생을 통틀어 오점이었다. 어머니의 말을 빌리지만 '웬수'였다.

어머니가 즐겨보시는 TV 프로그램 중에 '김영철의 동네 한 바퀴'가 있다. 매주 토요일이면 부러 혼자 계신 어머니 집에서 함께 시청했다. 모자母子간에 얼굴을 맞대고 온갖 이야기를 하는 이 시간을 여든넷 홀어머니는 제일로 행복해하셨다. 이따금 금실이 좋은 부부가 나오면 괜히 심통을 부리시곤 하셨는데, 여자들의 질투는 나이를 불문하는가 보다. 당신에 대한 그리움, 아니면 미움. 아마도 일찍 떠나신 데 대한 야속함이 더 컸으리라.

어느 날, "가끔 아버지 생각하시느냐"고 물어본 적

이 있다. 그럴 때마다 어머니의 대답은 단호하고 한결 같았다. 용서할 수 없다고, 보고 싶지도 않다고. '웬수' 같다고 치를 떨었다. 여자 가슴에 맺힌 미움이란 게 서릿발 같단 걸 그때 처음 느꼈다.

일 년에 한 번 절간 문을 여는 봉암사를 다닌 지도 참 오래됐다. 부처님오신날이면 전국에서 많은 사람이 절을 찾는 바람에 늘 고생스럽게 법당을 찾았지만, 봉암사 가는 것을 낙으로 생각하셨다. 어머니도 외할아버지를 닮아 무당이 되셔야 했을 팔자는 아니었을까? 연중 절에 다니는 날짜만큼은 잊지 않고 찾는 정성만큼은 대단하시다. 다 너희들 행복과 안녕을 위해 치성을 드리는 거라고 입버릇처럼 말씀하시는 어머니의 연치도 어느새 아흔이 눈앞이다.

문경석탄박물관은 1999년 개관했다. 사월초파일 맞아 봉암사를 다녀오는 길에 기대를 하고 추억을 소환하며 잠시 들른 적이 있다. 컴컴한 갱도 안으로 들어가기 위해 축전차에 몸을 실은 밀랍 인형 광부의 모습이 마치 살아있는 듯해 놀라웠다. 얼마 전 다시 박물관을 찾았을 때는 직접 갱도 안을 체험해볼 수 있는 갱도 체험관과 전시장이 눈길을 끌었다. 올해 3월 은성갱도 실감체험관의 시범운영을 마치고 정식 개관했다.

석탄을 캐던 실제 갱도 공간과 홀로그램, 증강현실 등 첨단기술, 창작 뮤지컬 예술(공간·기술·예술) 3가지 요소를 결합해 눈앞에 나타난 광부와 함께 탄공 체험을 떠날 수 있도록 개발됐다. 컴컴한 굴 안에서 서넛이 바닥에 퍼질러 앉아 도시락을 꺼내 밥을 먹는 장면 앞에서는 울먹임이 밀려왔다. 가장家長이라는 무게로 언제 무너질지 모르는 굴속에서 검은 탄가루를 마셔가며 채탄하셨던 그 시절 모습이 흑백필름처럼 차갑다.

아버지는 광부로 생활하시면서도 만근滿勤이라곤 해본 적이 없으셨다고 한다. 만근해야 월급봉투가 두둑했지만, 이 풍진세상風塵世上 노력해서 잘살아 보겠다는 생각이 애초부터 없었던 걸까? 어머니는 한 번도 제대로 된 누런 월급봉투를 받아본 적이 없다고 하셨다. 할 게 없어 다녔지, 일하러 다닌 게 아닌 거라고.

딸을 내리 넷(그중 한 명은 어릴 적 죽었다)을 본 후에 낳은 아들인 나를 위해 구메구메 혜숙이네 가게에 외상장부를 만들어놓고 과자를 사주셨던 아버지는 적어도 나에겐 다정다감하셨던 분이다. 텔레비전이 흔치 않았던 시절 남의 집에 가서 만화영화를 기웃거리며 보고 돌아오는 귀한 아들의 모습이 하도 애처로워 애옥살이에도 아랑곳하지 않고 텔레비전을 안방에 들여놓으셨던 분, 나는 그런 아버지가 엄청 좋았다. 바람이라도 불어 화면이 선명하게 나오지 않으면 밖에 나가 전파가 잘 잡히는 쪽을 향해 안테나를 돌리면서 좋아했던 철없던 시절, 생각해보면 참 행복했던 시간이었다.

어머니는 아직도 라면이라곤 입에 대질 않으신다. 아버지께서 병반(자정부터 오전 8시까지 근무 시간)이라도 가시는 날이면 늦은 밤 라면에 계란을 얹어 끓여 드시게 하셨다. 단칸방에 살았던 때라 늦은 밤이라도 용케 라면 냄새를 맡고 일어나면 고스란히 나 먹으라고 냄비째 양보하셨다. 그런 아버지를 어머니는 세상에서 제일 싫어하셨다. 그런데도 칠 남매를 낳으셨으니 참 신기했다. 지금도 나는 밥 대신 라면으로 끼니를 해결할 때가 곧잘 있지만, 언제나 어머니는 밥을 먹어야 한다고 안쓰러워하시며 재우쳐 타이르곤 하신다.

농사라고는 두 마지기 논에 밭뙈기를 쬐끔 빌려 먹고 사느라 어쩔 수 없이 해야 했던 광부의 삶. 방앗간의 힘든 일에 골병이 드는 줄도 모르고 남보다 갑절이나 힘을 쓰셨던 바지런함. 돌이켜 보면 마흔아홉에 돌아가신 것도 다 그 때문이 아닌가 생각한다. 생전에 노름 때문에 남들처럼 버젓하게 내 집 장만 꿈을 꿔보지 못하고 근근이 사셨지만, 캄캄한 갱도에서 볕뉘 한 조각이라도 바라며 아등바등 살아가고자 하신 것도 다 자식 때문이 아니었나 싶다.

그렇게 꽃다운 나이에 별이 되신 우리 아버지, 이젠 어머니께서도 용서해주셨으면 한다. 내 죽거든 아버지와 함께 화장火葬해 달라시던 그 마음이 진짜 어머니 마음이리라 믿는다.

흰 눈과 돼지고기, 그리고 김치찌개

큰 눈 내린 날, 대학생인 딸 손에 끌려 마트에 갔다. 전에는 요리에 취미 없어 하던 애가 요즘은 부쩍 재미를 붙여 이것저것 해내는 걸 보면 천상 여자애다. 먹방 프로그램을 즐겨보다 유튜브를 뒤져가며 주방에서 요리하는 것을 낙으로 삼은 지 좀 됐다. 그런 딸애가 오늘은 눈이 많이도 내린다며 맛난 걸 해주겠다고 한다. 마트에서 산 것은 돼지 목살과 두부 한 모, 과연 맛은 어떨지 설렜다.

요즈음 딸 다정이와 어머니는 친구처럼 지낸다.

여든셋 어머니는 지난해 인공관절 수술을 해 불편한 게 한두 가지가 아니다. 지팡이에 의지해 생활하지만 사람 손길이 필요한 곳은 다정이가 도맡아 해주고 있다. 일주일에 두 번의 목욕은 어머니에겐 더 없는 즐거움이다. 수술한 다리를 마사지하기 위해 스파가 있는 목욕탕을 찾는다. 온탕을 오가기 위해서는 누군가의 부축을 받아야 하는 어머니에게 다정이는 지팡이 같은 존재다. 눈에 넣어도 아프지 않을 손녀.

어머니는 그런 다정이를 위해 목욕 후에는 소면을 해주셨다. 하얀 실 같은 면의 가닥마다 어머니의 사랑이 묻는다. 다정이가 소면을 먹기 시작한 것은 얼마 되지 않는다. 멸치를 우려낸 맑은 육수로 잘 삶은 면발에 계란을 고명으로 푼 국수의 맛은 깔끔하고 시원했다. 누군가에게 맛난 것을 해먹일 수 있다는 것은 얼마나 행복한 일일까. 곁에 없는 누군가를 위해 딱 한 번만이라도 따뜻한 밥 한 공기 올리고 싶다는 애절한 사연을 들을 때마다 코끝에 시큰함이 몰려온다. 가슴 한편이 쓰리다 못해 먹먹하기만 하다.

얼마 전, 궂은 날씨에 얼큰한 게 먹고 싶었던 적이 있다. 다정이는 전날 친구들과 거나하게 술을 마신 탓에 해장이 필요했지만 선뜻 돼지 목살을 넣은 김치찌개는 내켜 하지 않았다. 한 번도 먹어보지 못한 메뉴다. 나는 마땅히 먹을 게 없는 날이면 어머니와 곧잘 돼지 목살이 들어가는 김치찌개를 먹곤 했다. 다른 반찬이 필요 없을 만큼 단출한 밥상이지만 먹고 나면 괜히 힘이 불끈 솟았다. 얼큰한 김치찌개에 소주 한 잔 곁들이면 금상첨화다.

돼지 목살은 비계가 약간 붙어있는 걸 써야 한다. 두부 외에 묵은 김치를 넣는 것은 돼지 잡내를 잡기 위해서다. 약간의 짭짤한 맛은 돼지 목살 맛을 더 풍미 지게 한다. 김치가 아니면 도저히 맛볼 수 없는 맛, 김치는 모든 음식에 긴요하게 쓰인다. 한국 사람에게 있어 김치는 김치 그 이상의 의미가 있다. 경기하는 선수가 시합 전에 김치를 먹어야 하는 이유가 굳이 맛 때문만은 아닐 터. 체질적으로 김치를 먹어야 힘이 나는 것을 '민족성'에 비견하는 나라도 세계적으로 흔치는 않다.

김치찌개가 나오자마자 얼른 소주 한 잔을 들이켰다. 크~으, 절로 감탄사가 흘러나오는 것을 어쩌랴. 모든 술꾼의 한결같은 리액션이다. 멈칫거리던 다정이도 구미가 당겼던지 약간만 맛보겠다며 밥상머리로 바투 다가와 앉았다. 두부와 김치 밑으로 꼬들꼬들한 육질의 돼지 목살이 몽근하다. 첫술에 뜬 국물이 시원했던지 날름 밥 한 술을 입에 넣는다. 연거푸 또 한 번 숟가락질한다. 그제야 입가에 살짝 흡족함이 묻어난다. 그런 모습을 곁에서 지켜보던 어머니도 불편한 다리를 식탁으로 바짝 다가앉으며 찌개에 숟가락을 담근다.

음식 솜씨가 좋은 어머니께서 돼지고기로 요리하는 음식 중에는 김치찌개가 유일하다. 40년 전 귀농하던 해, 헌 집을 고친다고 촌집 마당에 시멘트 벽돌을 찍어 내는 막일을 할 때는 고추와 대파를 어슷썰고 양파는 굵게 채를 썰어 넣은 돼지 두루치기를 곧잘 하셨지만, 그것도 아버지가 돌아가신 후로는 맛볼 수가 없었다. 힘쓸 일도, 아버지도 안 계시니 요리할 이유가 없었던 거다.

아버지는 광부였다. 나는 문경 마성에서 초등학교 4학년 때까지 살았다. 당시 문경은 태백과 함께 탄광업이 번성해 광부들로 문전성시를 이뤘다. 연탄이 가정의 연료로 주목을 받았던 시절이니 광부는 농부보다 더 많은 돈을 벌었던 시절이기도 했다. 시골에서 젊은 시절 힘깨나 썼던 아버지는 노름으로 쪼그라든 살림살이를 불리기 위해 삽 대신 곡괭이를 잡으셨다. 탄가루를 마시며 컴컴한 갱도에서 신기루 같은 행복을 꿈꾸던 시절이었다. 그 많은 광부가 훗날 진폐증으로 힘든 삶을 연명하리라곤 꿈도 꾸지 못했다.

초등학교에 다니던 때였다. 집 마당에서 잡아 온 돼지고기를 발골하는 아버지의 능수능란한 모습을 본 적이 있다. 그날 어머니는 아버지가 잡은 돼지고기로 맛나게 요리를 하셨다. 당신은 탄가루로 까매진 속을 정화하기 위해 맹금류처럼 살점을 뜯어가며 안온한 저녁의 행복을 만끽했으리라. 과거 인쇄소 식자공들이 삼겹살을 자주 먹었다는 것도 같은 맥락일 터. 실제로 그 같은 일들이 과학적으로 검증이 됐다는 것을 읽은 적은 없지만, 당시에는 그런 줄 알았다.

적설량이 5cm 미만이라던 눈이 예고를 훌쩍 넘기고도 기세가 여전하다. 10cm 이상은 쌓여야 잦아들 모양이다. 강원도의 한 고속도로에는 7시간째 차들이 묶여 오도 가도 못하고 있다는 속보가 티브이 자막에 나오고 있다. 1m 가까이 눈이 내린 산골 마을도 있다. 오도 가도 못한 채 긴 시간을 차 안에서 추위와 배고픔에 시달리고 있을 사람들이 애처롭기만 하다. 교통의 발달로 건설된 고속도로 위에서 거북이걸음만도 못한 지경에 내몰린 인간의 무기력함이 허허롭다.

배고프다는 닦달에 잠시만 기다리라는 말이 메아리가 돼 돌아온다. 몽근하게 김이 오르고 있는 냄비에서 김치찌개의 시큼함이 배어난다. 어머니가 해주시던 그 김치찌개를 맛볼 수 있을지.

잠시 후, 다정이가 냄비 뚜껑을 열고 김치찌개 국물을 맛본다.

장인丈人의 시계

올해 생일선물은 손목시계다. 휴대전화기가 일상품이 된 요즈음 시계는 생일선물로는 그닥 좋은 품목이 아니다. 악세서리로 쓰임새가 많은 여자라면 몰라도 남자에게 시계는 거추장스러운 물건이 된 지 오래다.

하지만 아내는 무려 6개월이란 시간을 투자해 나에게 새것이 아닌 것을 선물했다. 오랫동안 사용하지 않아 멈춰선 시계를 대구의 한 장인匠人에게 수리를 맡겨 찾은 것이 꼬박 여섯 달이 걸렸다. 그는 '생활의 달인'에 출연해 유명세를 탄 기계식 손목시계 '오버홀 명장' 수리공이다. '오버홀'은 기계류를 완전히 분해해 점검, 수리, 조정하는 최고의 전문가만이 할 수 있는 영역이다.

아내가 건넨 시계는 지난해 1년여를 교통사고 후유증으로 요양원에 계시다가 여든넷에 돌아가신 장인어른의 유일한 유품이다. 생전에 자주 차고 계셨던가? 아무리 생각해봐도 생각이 잘 나질 않는다. 아내와 결혼한 지 22년째, 아마도 결혼 초기에 잠시 차고 계셨던 것으로 생각이 가물하기만 하다.

시계는 구형이지만 엄연히 스위스의 명품 시계 브랜드로 불리는 롤렉스ROLEX 기계식 고급 오토매틱 제품이다. 1931년 롤렉스는 최초의 자동 태엽 시계인 '퍼페츄얼 로터'를 발명했다. 이 시계는 착용자가 손목을 움직일 때마다 시계 내부의 태엽이 자동으로 감겨 그 동력으로 시계가 작동되게 하며 손목의 미세한 움직임까지도 감지하여 이를 동력으로 자동 변환시켜준다고 했다. 롤렉스는 시계 장인匠人의 손과 왕관을 형상화한 크라운Crown 로고를 정식 등록해 현재까지 사용하고 있다.

장인어른이 임업사를 경영하시던 70년대에 구매하신 것 같다. 아내조차도 까맣게 잊고 있던 시계의 존재를 발견한 것은 작은처남이었다. 유품을 정리하다가 발견한 것을 장녀인 제 누나에게 가져온 것이다.

당신의 유일한 유품이니 수리해서 갖고 있어야겠다고 말했던 건 나지만 혹시나 값비싼 시계의 가치를 손상할까 싶어 장인匠人을 수소문한 것은 처남, 35만 원이라는 적지 않은 수리비를 지불하고 온전하게 수리한 것은 아내다.

나에게는 두 개의 시계가 있다. 결혼할 때 차던 예물시계를 최근에야 다시 꺼냈다. 조그마한 전지를 갈아 넣으니 초침이 유연하게 돌아간다. 지금부터라도 번갈아 차고 다닐 요량으로 함께 탁자에 놓고 보니 새삼스럽다. 40년이 훌쩍 지난 세월의 더께가 얹힌 아버지의 시계를 아내도 흐뭇하게 바라다본다.

장인은 교통사고로 오랫동안 요양병원에서 적적하게 지내셨다. 제대로 가눌 수 없을 정도로 망가진 몸이 홀로 사셨던 조그마한 아파트로도 돌아갈 수 없게 만들었다. 보행보조기 바퀴워커에 의지해 겨우 한 걸음씩 걸음마를 옮길 즈음 집으로 돌아가야겠다고 고집을 부렸을 때 매일 병구완을 누가 하느냐며 매몰차게 반대했던 게 못내 후회스럽다. 문병을 하고 돌아설 때 가끔 애잔하게 느껴지던 눈빛을 지금도 잊을 수 없다.

당신은 작은 체구지만 평생을 매일 아침 운동으로 몸을 다져온 덕에 기적 같은 생을 연명하셨다. 사고 당시를 생각하면 놀라운 경과지만 한번 망가진 노구는 예전 같지 않았다. 건강이 그렇게 허물어져 내리고 병원 침대에 누워 있어야 할 지경까지 내몰린 말년의 초라한 모습을 생각하면 아직도 눈물이 난다.

혼자되시고 20여 년을 살아온 생활을 알뜰히 보살핀 것은 오롯이 아내의 몫이었다. 장모님은 쉰넷 젊은 나이로 돌아가셨다. 나와 아내는 그다음 해 만나 결혼을 했으니 사위 사랑은 장모라는 세간의 말은 나와는 무관했다. 장인은 나에겐 아버지였다. 마흔아홉에 돌아가신 내 아버지의 빈 자리를 당신이 그렇게 채워주셨다.

장인은 늘 자전거를 타고 다니셨다. 그러고 보니 생전에 크고 작은 사고도 더러 있었다. 그럴 때마다 아내는 조심해야 한다며 돌아가신 장모님을 대신해 단단히 주의를 주고 또 당부를 했다. 그러면 당신은 계면쩍게 웃으며 그러겠노라고 엷은 미소로 응대하셨다. 체력만큼은 다부지셨던 분, 찬 겨울에도 아침운동을 거르지 않으셨던 분, 자전거 타고 시내 이곳저곳을 다니셨던 모습을 이젠 볼 수가 없으니 허허롭기만 하다.

당신의 발이 된 자전거는 그날 교통사고로 완전히 망가져 고물로 버려졌다. 남았다면 그 또한 유품이 됐을 것이다. 사진 외에 유일한 유품이 된 시계는 그래서 더 귀한 물건이 됐다. 흔하디흔한 시계라면 사후에 대접을 받지 못했겠지만 '롤렉스'라는 명품이기에 더 값지게 다가온 시계는 당신의 얼굴과도 같다.

살아생전 한때는 지역의 유지有志로 살아오신 삶을 이 값비싼 시계가 단적으로 대변해준다. 가세家勢가 기울어져 말년에 비록 초라한 살림을 꾸리며 사셨지만 조금도 부끄러움 없이 당당히 버텨오신 삶이다. 지난 얘기를 자랑삼아 하지도 않았거니와 현재의 궁한 살림살이를 탓하지도 않으셨던 침묵은 그분만의 자존심이었다는 생각이다.

지금에 와서 곰곰이 생각해보니 가끔은 가냘픈 손목에 차고 계셨던 것이 기억난다. 그것도 평상시는 아니고 나름 중요한 때, 시계는 그렇게 당신의 자존심으로, 동반자로 어려울 때 묵묵히 곁을 지켜낸 물건 그 이상의 의미였다.

아내가 아버지의 유일한 유품에 많은 수리비를 들인 것도 아버지에 대한 그리움이 컸기 때문이리라. 생전에 장모님을 대신해서 보살펴온 뒷바라지는 아내의 아름다움이기도 했다. 작고 예쁜 얼굴만큼이나 끔찍이도 아버지를 생각한 큰딸의 묵직한 어깨와 사려 깊은 속내는 장남으로 홀어머니를 40년 이상 건사해온 나와 많이 닮았다.

시간은 인생에서 그 한계성을 갖는다. 사람이 태어나 죽음에 이르는 생生을 살아가는 이치와도 같다. 한때 인간 활동의 잣대이자 초점이었던 영원성은 시계로 인해 그 역할을 서서히 그만두게 되었다. 시계는 기계적 수단을 통해 시간을 일정한 간격으로 나타낸 장치로 시간을 수치로써 나타내며 인간사와 함께해왔다. 사람은 가고 없지만 그가 남긴 시간은 추억이라는 이름으로 남은 자에겐 흔적이 된다.

장인이 마지막으로 남긴 시계는 이제 당신을 추억하는 흔적이 됐다. 이 세상에 단 하나뿐인 물건으로 오래도록 우리와 함께할 수 있기를, 나의 아들이 또 그 시계를 바라보며 할아버지를 추억하기를. 생전에 손자를 아끼셨던 자애로운 얼굴이 둥근 시계에 오롯이 새겨져 있는 듯하다.

가장 큰 실수

정말이지 전혀 생각지 못했다. 일주일의 긴 추석 연휴가 끝나는 날, 이른 아침 허겁지겁 준비해서 떠나왔기에 그 어떤 준비는 고사하고 말 한마디조차 꺼내지 못했다. 참다못한 아내가 뭐 잊은 것 없느냐고 채근할 때쯤에야 아차 싶었다. 달리던 차 안에서였다.

아내의 생일은 추석 이틀 뒤라 잊으려야 잊을 수가 없다. 결혼하고 지금까지 결혼기념일과 함께 우리 부부에겐 특별한 날로 명절보다도 각별한 의미가 있다. 그런 걸 누구보다도 잘 아는 남편이라는 사람이 깜빡했다고 생각하니 딴에는 무척 섭섭도 했으리라.

마침 동석하게 된 아들도 아내로부터 핀잔 아닌 서운함을 함께 듣게 됐다. 자신을 쏙 빼닮은 헌헌장부 장남이 아닌가. 두 사내로부터 외면을 받았다는 실망감을 참지 못하고 폭발한 것이다.

"아 맞아, 깜박했네."

아들과 나는 이 난처한 궁지를 모면하기 위해 재바르게 생일 축하 노래를 불러봤지만, 이미 생긴 상처는 어쩔 도리가 없었다.

"한번 지켜보겠어."

다행히 아내는 일말의 기회를 주는 듯했다.

어제저녁 잠자리에 든 시각은 새벽 1시가 다 됐을 무렵이다. 전에 없던 일이다. 한 방송사에서 트로트 100년을 기념해 기획한 장장 4시간이 넘는 프로그램을 가족 모두가 시청했다. 느닷없이 자정쯤 아들이 매콤달콤한 통닭이 먹고 싶다며 야식까지 시켰으니 자연 새벽이 된 게다. 새벽잠이 밝은 내가 누군가 맞춰 놓은 알람에 새벽 4시에 깨지 않았다면 늘 기상하던 대로 일어났을 테지만, 이날은 8시가 넘어서야 부리나케 눈을 떴다.

병원 예약 시간에 맞춰 가자면 늦어도 8시 반에는 집을 나서야 했다. 경산에서 대학을 다니는 아들 원룸에 들렀다 가기로 한 것은 여름 이불을 가져오는 대신 두꺼운 솜이불로 교체해주기 위해서다. 따뜻한 어미의 온정을 자식은 무심하게도 잊고 있었다. 음력 팔월

십칠일이 어떤 날이란 것을.

나잇살로 처진 눈 밑 주름과 한 차례 수술로 도톰해진 눈두덩의 지방이 보기 싫다며 성형을 한 것은 아내의 조언에 따른 것이다. 어차피 할 수술이면 한 살이라도 더 젊을 때 하잔 생각에 힘을 실어 준 덕분이다. 여권 새로 만든다고 찍은 사진에서 젊었을 적 그 탱탱하던 얼굴은 오간 데 없이 쭈글해진 얼굴 모양을 보고 심히 상심한 일이 있다. 그때부터 여건이 허락하면 해야지 미뤄온 수술을 아내가 서둘러 채근한 덕에 한 것이다. 오늘 수술한 부위의 실밥을 빼기로 했다.

비용이 얼마나 들었는지 아내만이 안다. 일절 함구하는 거로 보아선 내 생각의 한계치를 훨씬 넘어선 것 같다. 비싼 값을 쉬 허락하지 않는 나의 자린고비 근성을 누구보다도 잘 아는 아내가 아닌가. 그런 그가 곧이곧대로 소요된 금액을 알려줄 턱이 없었다. 더 묻지도 않았다. 오롯이 아내의 호의를 받아들이기로 하니 마음이 한결 가벼웠다.

병원 볼일을 다 보고 서둘러 귀가한 것은 아내의 일정 때문이다. 애초 치료를 다 하고 나와서 모처럼 냉면이라도 먹을 요량으로 식당 한 곳을 찜해 뒀건만, 그 시간도 아까워 버거킹에 들러 매운맛 버거 세트를 샀다. 차 안에서 먹기 위해서다. 오후 2시에 지인들과 골프 가기로 했다기에 서둘러 집으로 돌아왔다.

"뭐 잊은 거 없어?"

짐을 부리기가 무섭게 아내가 재차 물었다. 벌같이 따끔하게 쏘아대는 말투가 영 신경 쓰였다. 대구를 오가며 운전하느라 혼이 다 나간 사람더러 뜬금없이 당장 맡겨놓은 보따리라도 내놓으라고 닦달하는 것 같아 못마땅했다. 게다가 당장 골프 간답시고 짐을 챙기는 꼴이 눈에 거슬렸지만, 내일 주겠노라고 말했다.

아뿔싸, 말을 해놓고 보니 잘못했다는 생각이 번쩍 했다. 아니나 다를까 이번엔 아내의 만만치 않은 반격이 날아왔다. 기분 나빠서 줘도 받기 싫다는 거다. (차마 입에서 나온 말을 곧이곧대로 받아 적지 못해서 그렇지, 되레 이 말이 내 신경을 몹시 건드렸다.) 예전 같으면 옆에 있는 두루마리 휴지라도 집어 던졌을 테지만, 비껴갈 수 없는 게 세월이라고 하잖은가. 꾹 참고 눈을 지그시 감고 묵상에 들었다. 여기서 한 발짝만 더 나가면 그땐 두고 보지 않겠다는 심사였다. 눈치가 백 단인 아내는 그길로 언제 온단 말도 없이 휑하니 나가버렸다.

하루가 왜 이리 긴지, 아내는 밤 11시가 훨씬 넘어서야 돌아왔다. 부러 늦게 온 것 같아 참지 못하고 늦게 온 데 대한 불만을 토로하니, 운동하고 해장국 하나 먹고 오는 게 다라고 응수하곤 안방으로, 화장실로, 냉장고가 있는 부엌으로 분주하게 오갔다.

"엄마, 잘 치고 왔어?"

마침 알바 마치고 돌아온 딸 다정이가 묻자

"잘 치고는 왔는데, 네 아빠 때문에 기분 잡쳤다."

그러곤 쏜살같이 방으로 들어가 버렸다.

다음 날 이른 아침, 사우나 가는 아내의 인기척에 일어났다. 신경 쓰는 일이 있으면 깊은 잠에 쉬 들지 못하는 게 어디 나뿐인가 싶다. 자도 잔 것 같지 않아 일찌감치 일어났다. 어제 아내에게 한 말에 대해 실행을 하잔 생각에 서재에 들어가 준비해 둔 돈을 봉투에 넣고 '祝 생일'이라고 썼다. 이도 밋밋할까 싶어 꽃 한 송이를 그려 넣었다. 흰 봉투에 붓펜으로 쓴 캘리그라피가 깔끔하다고 생각했다.

불현듯 얼마 전에 본 기사가 생각났다. 영화 〈댈러웨이 부인〉에서 클라리사가 남편 리처드로부터 꽃 선물을 받고 행복해하는 모습의 사진이다. 아내에게 쑥스러워서 '사랑한다'는 말을 차마 못 한다면, 그건 세상에서 가장 큰 실수라고 남편 리처드는 말한다. 클라리사가 질투심 가득한 첫사랑 피터 대신 리처드를 선택한 이유이기도 하다.

시절이 어렵다고 하니 세상사 물질 만능주의가 된지 오래지만, 아직은 여자에게 있어 달콤한 사랑은 진심 따뜻한 한마디 말이란 것을 새삼 깨닫는다.

여보, 생일 축하해. 뒤늦은 애정에 아내가 반겨줄지는 글쎄….

무형의 훈장

무릇 남자라면 연장 하나쯤은 잘 다뤄야 한다고 생각하지만, 정작 나는 제대로 사용할 줄 아는 게 별로 없다. 무슨 일이라도 할라치면 매번 남의 손을 빌려야 한다. 그때마다 지불해야 할 비용도 걱정이다.

몇 달을 고민하다가 내가 원하는 탁자를 만들기로 마음먹고 거실장으로 사용하던 원목을 인테리어 업자에게 갖다주며 제작을 의뢰했다. 이 세상에서 단 하나뿐인 멋진 탁자를 고대하면서.

원목은 지인으로부터 오래전에 샀던 것이다. 지인은 목발을 짚고 살아가는 장애인으로 목공예에 타고난 재주가 있었다. 그의 삶이 하도 애련해 큰맘 먹고 장만했다. 아내는 가구점에 가면 예쁘고 저렴한 게 많은데 왜 샀느냐며 볼멘소리로 심경을 건드렸다. 지인의 신산한 인생고를 설명하면 이해할까 싶어 구매한 사유를 이야기하려 했으나, 자칫 내 호의에 금이 갈까 저어하기도 했거니와 그에 대한 예의가 아닌 것 같아 참았다.

얼마 전 카페 '소풍'을 찾았다. 테이블이라고 해봤자 고작 다섯 개뿐, 내가 사는 아파트와는 지척 간이다. 북천을 가로지르는 돌다리를 스무 개쯤 건너면 바로 가 닿을 수 있는 곳에 있다.

봄이면 벚꽃이 흐드러지게 피는 이곳 방천길은 풍광이 아름답기로 소문이 나 사람들로 북적인다. 가끔 그 앞을 지나치면서도 카페의 존재를 몰랐던 것은 아마도 여느 가게와 달리 눈에 잘 띄지 않은 작은 나무 간판 때문이리라.

가게 문을 열고 들어가니 커피 향이 코를 간질이고, 피아노를 연주하던 여성이 "어서 오세요."라며 반긴다. 아는 분이다.

"언제부터 하셨어요. 가게가 이쁩니다."

덕담을 건네며 가게 안을 이리저리 훑어보았다. 탁자의 상판은 나뭇결이 오롯이 살아있다. 건축용 철근을 사용해 만든 탁자의 다리가 차가워 보였지만 제법 멋스러운 핸드메이드 테이블이 눈에 쏙 들어왔다. 전혀 어울릴 것 같지 않은 재료들이었는데도 어찌나 조화로워 보이든지 생경함에 감탄이 절로 났다.

여주인은 한때 여성복 가게를 운영했는데 피아노 연주 수준도 대단했다. 가게는 아담하고 멋졌다. 모든 액세서리는 인테리어 업자가 손수 만든 것이라고 자랑했다. 그저 솜씨가 놀라울 따름이다.

문득 오랫동안 방치해둔 원목이 생각나 인테리어 업자의 전화번호를 물었다.

며칠 뒤 혼자서는 원목을 옮길 수 없어 아들과 함께 옮기기로 했다. 아들은 대학에서 산업시각디자인을 전공하는데 마침 방학을 맞아 내려왔다. 인테리어 업자와는 미리 약속돼 있었다. 업자의 작업실은 집에서 차로 십 분 남짓한 시내가 훤히 내려다보이는 곳에 있다. 차 소리에 미리 나와 기다리고 있던 업자와 인사를 건네고 싣고 온 원목을 보여주니 벚나무라고 한다. 실상 나는 여태 원목이 어떤 수종이었는지 알지 못했다.

내가 원하는 탁자 형태에 대해 이런저런 설명을 하고 나니 결국은 비용이 문제였다. 장인匠人에게 돈을 논한다는 게 어찌 이리 어색할까. 주춤주춤 입을 떼니 그 역시 잠시 머뭇머뭇하더니 40만 원만 달란다. 자재를 제공했는데 그리 비쌀까? 내심 생각했던 비용과는 차이가 커 망설였다.

“목공소에 갔다 와야지요, 작업을 하다 보면 손볼

곳이 많습니다. 다리를 만들 철근도 녹슬지 않게 칠해야 합니다."

업자는 자신이 제시한 가격 방어에 적극적으로 임했다. 너무 비용에 집착하다가 원하는 탁자에 대한 환상에 흠이 갈까 싶어 그렇게 하라고 했지만, 마음은 내내 개운하지 않았다.

갑자기 허드레 목재로 얼기설기 만든 그의 작업실 내부가 궁금했다. 아들도 구경하고 싶어 했다. 작업실은 갖가지 나무들과 널브러져 있는 도구들로 어수선했다. 보잘것없는 것들이 장인의 손길을 거치는 순간 멋들어진 작품으로 탄생하는 결과물을 생각할 때는 그저 신기할 따름이다. 남이 가지지 못한 재주를 갖는다는 건 노력이 만들어 낸 무형의 훈장 같은 것이다.

"다들 한 가지 재주만 있으면 먹고산다."

잠시 후 차를 타고 내려오면서 아들에게 불쑥 한마디 건넸으나 아무런 말이 없다. 군대를 제대하고 복학한 녀석은 내년이면 졸업을 한다. 졸업과 동시에 직장을 구해야 하는데, 이 살벌한 취업 전쟁 속에서 그게 어디 쉬운 일인가?

심란한 아비의 마음을 알아챘는지 한참 후에야 아들은 "나무는 내 취향이 아니야."라며 대답한다. 남루

한 작업복, 수염을 깎지 않은 까칠한 얼굴의 업자와 자신을 비교하는 것을 못내 거북해하는 심사다.

나는 아들 다루는 재주도 젬병이다.

아들은 초등학교 시절 전교 어린이회장을 하며 제법 남들보다 앞서가는 듯 보였지만, 중학교와 고등학교를 거치면서 학교 성적은 그다지 두각을 나타내지 못했다. 좀 더 나은 학원에서 공부를 시켰더라면 어떠했을까 하는 뒤늦은 후회가 있다. 경제적인 어려움으로 학원을 보내지 않은 건 아니지만, 부족한 부분을 제때 채워주지 못한 것이 지금에 와서 못내 후회스러울 뿐이다.

아들이 선택한 진로에 대해 한 번도 싫은 내색을 해본 적이 없다. 그저 자신이 좋아서 하는 일이면 아무리 어려운 일이라도 거뜬히 해내리라는 믿음 때문이다. 먼 훗날, 이러한 나의 믿음과 소신이 헛되지 않았음 하는 바람이다.

나는 아들과 시방 전화 중이다.

가난한 생일

생일이라고 케이크를 받아본 것은 결혼하고부터다. 소등하고 생일 축하 노래를 멋들어지게 들은 것은 아들과 딸이 태어난 이후 찾아온 행복이다. 어릴 적 넉넉하지 못한 터수에 7남매 중 누구 하나 케이크를 받아본 이는 없다.

장남인 나를 기준으로 위로는 누님이 셋, 동생이 셋이다. 고등학생이던 시절, 동생들은 중학생과 초등학생. 막내는 머리가 큰 사내아이이다. 우리 집은 아들이 둘이다.

지난 추석 때, 이젠 결혼을 해 아들 하나 둔 막내가 제 형수 생일을 축하한다며 아침 일찍 먹음직한 케이크를 사 왔다. 아내는 도련님이 최고라며 좋아했다. 막내는 아내의 살가운 스킨십이 쑥스러운지 그저 얇은 웃음만 지을 뿐이다. 그런 모습을 보니 아련하게 추억의 한 페이지가 생각이 났다.

열일곱 살, 겨울방학 때의 일이다.

가을걷이에 고생한 어머니는 모처럼 두 누나가 사는 부산으로 바람을 쐬러 갔다. 마흔일곱에 혼자되신 불쌍한 분이다. 나는 어머니가 안 계시는 동안 집안일을 건사해야 하는 막중한 일을 도맡게 됐다. 소를 한 마리 키웠는데 쇠죽을 끓이는 일이 그중 가장 큰 일이었다. 궁핍한 살림에 소는 재산목록 1호였다.

어머니의 생활 굴레에서 벗어나면 자유로우리라 생각했지만, 그것도 잠시, 일상이 허전한 느낌이었다. 나흘째부터는 철부지처럼 부쩍 어머니가 보고 싶다는 나약함이 스멀스멀 마음 한곳에 자리잡기 시작했다.

이런 기미는 막내의 얼굴에서도 또렷이 읽을 수 있었다. 달력을 보며 초조해하는 모습을 보면서도 막내의 생일이 임박했음을 몰랐으니 자기 딴에는 무척이나 섭섭도 했으리라. "엄마 언제 와?"라고 묻는 막내의 질문 횟수가 부쩍 잦아질 때 비로소 수많은 기억 속에서 생소하지 않은 가느다란 기억을 끄집어냈다. 동생의 생일이 내일이라는 것을 알았다.

내 호주머니는 텅 비어 있었고, 부산에 간 어머니는

며칠 더 머물러 있겠노라고 전화가 왔다. 당신도 내일이 동생의 생일이라는 걸 잊지는 않았겠지만, 분명 누님이 며칠 더 머물다 가시라고 어머니를 붙잡았으리라. 오래간만에 외출에 나선 어머니는 마지못해 그러마 했겠지. 동생 생일은 책임지고 해주겠다며 안심을 시켰지만, 되레 내 가슴 한구석에서 근심이 움텄던지 나는 그날 하루를 아무런 말 없이 지냈다.

막내의 생일날 아침 밥상에 변화를 준 것은 미역국뿐이었다. 밥이야 전기밥솥에 하니까 별문제는 없었지만, 반찬 장만하는 데에 생무지 했던 것이 내게는 핑계 댈 좋은 건더기가 되었다. 하지만 씁쓰레한 기분은 오래 씹을수록 단맛이 있다는 밥알에 배어 식욕이 갑자기 뚝 떨어졌다. 동생도 나와 마찬가지였다.

"저녁엔 생일파티 준비해 놓을 테니 친구들 초대해라."

무척이나 기다린 말이었던지 일그러진 얼굴에 온기가 서려 환하게 펴지는 막내의 얼굴을 바라보는 것만으로도 허기는 채워졌다.

책 속에 남몰래 넣어둔 돈이라고는 기껏해야 삼천 원이었다. 이것으로는 열 명의 입을 당해낼 재간이 없었다. 언제 사러 가느냐는 막내의 다그침에 이제 곧 가겠노라고 얘기는 했지만, 턱없이 부족한 액수로 생일

파티를 준비해야 한다는 것이 우습다는 생각이 들었다. 혹여 막내가 실망이라도 하면 어쩌나 하는 염려가 마음을 떠나지 않았다. 생동하지 않은 핼쑥한 얼굴빛을 알아차리지 못하는 막내에 대한 미움도 조금은 일었다.

유달리 이날 내 귀는 놀라우리만큼 밝았다. 초침 가는 소리까지 뚜렷하게 들렸으니 말이다. 시간이 점차 좁혀짐에 따라 판단이 섰다. 적은 돈이나마 그것으로는 음료수와 과자를 사고 호떡을 구워 배불리 먹게 할 요량이었다. 자신 있게 만들 수 있는 것이라고는 이것이 고작이었다. 호떡의 재료인 밀가루와 설탕은 다행히 집에 있고 해서 부담은 한결 가벼웠다.

겨울의 낮은 짧다. 해가 뉘엿뉘엿 서산에 기울고 어둑발이 내리기 시작했다. 채 녹지 않은 잔설이 반짝이는 밤은 싸늘했다.

하나둘 어린 손님들이 속속 모여들었다. 마침내 막내가 궁금해하던 생일상이 모습을 드러내자 '와!' 하는 감탄조가 연발하였다. 눈동자가 작은 아이들에게 아마도 큼직하게 비치었겠다 생각했다.

상 한가운데 놓인 촛불을 막내는 그의 덩치만큼이나 큰 바람을 불어 단숨에 꺼버렸다. 작은 손이 합쳐진 손뼉 소리는 베토벤의 운명의 서곡만큼이나 컸다.

생일축하 노래가 시작되고, 크지 않은 선물들이 동생의 작은 가슴에 안겨지는 걸 보고 소리 없이 나왔다. 냉습한 바람이 얇은 옷 속으로 기어들었다. 추위를 의식하진 못했다.

포근한 가슴에 얼굴을 묻으면 추위도 몰랐던 때를 기억한다. 내 어릴 적의 생일날을 지금도 앨범의 사진처럼 마음에 떠올릴 수 있다. 초라한 대로 즐거웠다고나 할까? 저 어린 또래의 나이에 내 친구를 초대한다는 것은 시골 아이에게 어울리지 않는 사치 정도로 여겨졌으니 말이다.

바람이 차갑기만 하다. 한데 왠지 모르게 마음은 온기로 휘감은 듯이 기꺼워 오는 것이었다. 이날 밤은 내게 있어 무척이나 긴 시간이었다.

아버지의 자리

이미 한 줌 흙이 되어버렸을, 잡초만 처처萋萋히 자라난 당신의 묘 앞에서 곧잘 나는 못나게 울었다. 봉분 여기저기 움푹 팬 곳을 다독거릴 때면 살아생전의 행복했던 순간들이 흑백필름처럼 재생되어 와 그 애절함을 억누르지 못했다. 해서 철없이 한참씩 또 울었다.

'삶이란 바르게 살아가는 것이어야 한다'고 귀 따갑도록 들려주시던 생전의 말씀을 아직도 기억한다. 물질적으로 풍요롭지 못한 당신이 가진 꽃 같은 미덕은 땅을 일구며 살아오면서도 궁색을 떨지 않은 후덕한 인심이었다. 당신으로부터 물려받은 이러한 것이 오늘날 나를 이만큼 순수하게 성장케 하지 않았나 싶다.

내 작은 생활 범주 대부분이 당신의 엄한 손에서 다독거려졌던 것이다.

1990년 그해 12월, 고입 시험이 있던 날. 쌀쌀한 날씨에도 시려오는 발을 시험장 밖에서 동동 구르며 아들을 애타게 기다리던 당신이 시험을 치르고 나오는 내 작은 손을 덥석 포갰을 때 느꼈던 따스함과 고마움은 지금도 잊지 못한다.

"장학생 되겠어?"

빙긋이 웃으시며 던진 그 말씀이 농담 같았지만, 그만큼 당신의 내심은 내게 걸었던 기대가 컸던가 보다.

"글쎄요…."

미지근한 내 대답이 느리게 발해지자 섬찟 움츠러드는 나의 작은 몸놀림을 옆에서 가만히 훔쳐보던 당신은 두툼한 잠바를 벗어 내 작은 몸을 감싸 안았다. 어찌나 옷이 컸던지 내 작은 체구가 그만 옷에 푹 파묻힐 정도였다. 매캐한 담배 내가 잔뜩 밴 잠바는 거동하기에도 불편했고 무거웠다.

돌아오는 길에 당신은 입가에서 미소를 한 번도 꺼트리지 않았다. 그러다가 다 해져 볼품없는 내 운동화를 내려다본 당신은 "운동화도 새것으로 바꿔야 신겠는걸." 하시면서 시장 쪽으로 휑하니 걸음을 옮기시더니만 나의 거부 의사에도 불구하고 끝내 새 운동화를 사주고야 말았다.

돈을 주면서 운동화를 사 신으라고 하면 저렴한 검정색 운동화를 사 신은 후 잔돈을 남겨갈 내 성격을 누구보다도 잘 아는 당신은 이번만은 그 '비싸다'는 운동화를 사 주겠노라며 한껏 벼르고 벼르셨나 보다. 하지만 내 고집도 만만찮아 결국은 내가 원하는 다소 값싼 운동화를 사고야 말았다. 좀은 죄송스럽기도 했다. 모처럼의 호의를 박절하게 거절한 것이 지금까지도 내내 마음에 걸린다.

그런 후 며칠이 지나서 당신은 병을 얻었고, 곤궁한 살림에도 병원 신세는 불가피하게 져야 했다. 어린 자식들을 위해서라도 꼭 살아야겠다는 일념으로 마지막 발버둥을 친 당신은 수술까지 받았으나 그것이 죽음을 앞당기는 작업일 줄이야 누가 알았을까. 나도 당신도 몰랐으니. 나중에 안 사실이지만 당신의 병은 만성이 된 위암이며 얼마 살지 못한다는 사실을 어머니만 알고 있었다. 지나가는 말처럼 들려주시던 어머니의 나지막한 말씀, 아버지는 얼마 못 사신다. 아직은 어린 내게 있어 사실같이 믿기지 않았거니와 아버지의 신음 속에서 옮은 어머니의 괴로운 심정의 표현 정도로 여겼던 것이 오늘날엔 이토록 가슴이 멜 줄이야.

날이 갈수록 앙상하게 야위어가는 당신의 가냘픈

몸에서 어느 정도 알 것 같던 어머니의 말, 그땐 이미 당신은 삶에 대한 희망을 놓고 있었다. 이때부터 어머니는 철사로 가슴을 동여매는 뼈아픔을 달게 감수해야 했다. 밤늦도록 방 안의 불은 늘 환하게 켜져 있었다.

시간이 못내 아쉽다는 걸 느꼈다. 유수 같은 시간도 막을 수 있다는 망상까지 꿈꾸던 날도 아쉽게 훌딱 지나가 버렸다. 땅거미 내리던 시간 식어가는 당신의 손 붙잡고 애타게 울며 돌아가시지 말았음 하는 애절한 자식의 한가닥 소원마저 당신은 어찌할 수 없는 숙명이었다. 눈을 감지도 못하고 가셔야 할 만치 한恨 가득 식구들 곁을 떠나고 말았다. 삽시에 대들보가 와르르 무너지는 절망을 느꼈다. 너무 아팠다.

요즈음 들어 부쩍 내게는 아버지가 안 계신다는 것이 슬픈 운명같이 느껴지기도 하거니와 이것이 어린 시절 나의 희망을 좌절로 변화시킨 것이었음을 부인할 수 없다. 꿈 많던 시절, 나를 쳐다보는 주위의 눈빛들이 마냥 나를 동정하고 불쌍한 아이로 보는 것 같아서 메스껍고 불편했다.

하지만 항시 내 마음속에는 잊으려야 잊을 수 없는, 보이지 않는 끈으로 묶인 사랑하는 아버지의 상像이 언제나처럼 '길'이 되어 존재하고 있다. 자식 하나 잘 되기만을 비손하는 어머니가 아직은 내 곁에서 든든한 버팀목이 되어 있음도 나에겐 희망이 있음을 자각하게 한다. 어쩌면 그 또한 아버지의 자리, 몫일 것이다.

때늦은 후회

나이 오십[知天命]을 넘기고 보니 후회가 되는 게 한 둘이 아니다. 아쉬운 일들은 살날이 많으니 훗날을 기약하며 넘어간다지만, 후회란 두 번 다시 어찌할 수 없기에 아픔조차 뼈저리다.

나에겐 장인어른은 아버지 같은 분이셨다. 살아생전 딱히 잘해드린 게 없어 마음 한구석엔 늘 가시가 박혀 당신의 얼굴조차 똑바로 대하기가 부끄러웠다. 살갑게 대해드리지 못했다. 그런데도 싫은 내색 하나 없이 온전히 무한한 신뢰를 보내주셨다. 그런 분이셨다.

무엇보다 나는 사위 된 도리로서 마땅히 지켜봐야 할 장인의 임종을 지켜드리지 못했다. 퇴근길에 요양병원을 들렀다 온 아내가 "아버지가 위중하신가 봐.

연락하면 곧바로 달려와야 한다네." 의사가 한 말을 전할 때 바로 달려가지 못한 게 이리도 큰 잘못이 될 줄 몰랐다. 장인은 간병인의 도움을 받으며 의사가 대기하고 있는 요양원 병실에 누워 계셨기 때문에 내가 임종을 보지 못하리라고는 미처 생각하지 못했다.

'설마 오늘 밤에 무슨 일이 있으려고.'

다음 날 아침 일찍 찾아뵙고, 그때 봐서 호전되지 않으면 곁을 지키리라 생각했다. 하늘도 무심하시지. 그날 밤늦게 급보를 받고 달려갔을 땐 이미 당신은 숨을 거둔 채 불 꺼진 빈 병실 차가운 공기 속에 하얀 천을 덮고 누워 계셨다. 오랜 병고와 입원으로 피골이 상접한 모습 앞에서 꺼이꺼이 울 수도 없었다. 무슨 말씀이라도 하고 싶어 하셨던 걸까. 입을 다물지 못하신 채 돌아가셨다. 가쁘게 숨을 몰아쉬며, 마지막 순간을 홀로 숨 막힘을 견뎌내며, 자식이 곧 도착하리라는 한 가닥 기대를 갖고 인내하며 극도의 외로움으로 단말마의 고통을 느꼈을 모습을 떠올리면 지금도 가슴이 저미는 듯 아리기만 하다.

문득 생전에 있었던 일이 생각난다.

그때가 아마 당신의 생일이었던 것 같다. 몇 번째 생일이었는지는 알 수 없지만, 영정 사진을 찍은 일이 있다. 나이가 들면 언제 무슨 일을 당할지 모르니까 나중에 난감해할 일을 염두에 두고 미리 준비하자고 해서 한 일이다. 갑자기 큰일을 당하면 영정으로 쓸 사진 하나 마땅한 게 없어 늘 마음에 쓰였다. 한창 시절에 찍은 흑백사진 하나 달랑 있었다. 짧은 머리를 한 당신의 모습은 다부진 인상을 한 전도가 유망한 젊은 사업가였다. 영정에 쓰인 사진은 분명 살아 있을 때의 모습이나, 그것 또한 검은 리본이 드리워지면 쓸쓸한 죽음의 얼굴이 된다.

무탈하게 잘 살고 계신 분을 영정 사진을 빌미로 사진관으로 안내해 가기가 쉬운 일은 아니었다. 고민 끝에 디데이를 생일날로 잡은 것은 아내의 도움이 컸다. 아내의 말이라면 콩을 팥이라고 해도 믿으실 분이다. 오랫동안 어려운 살림살이를 도맡아 건사해온 딸 맏이가 아닌가.

"아버지 생일 선물로 사진 한번 찍자네, 김 서방이."

아내가 아무렇지도 않게 넙죽 한마디 해 놀랐다. 어떻게 저리도 무덤덤하게 얘기할 수가 있을까. 잠시 생각할 틈도 없이 당신은 "그거 좋지." 마치 기다리고 있었던 일처럼 순순히 따라나섰다. 생전에 찍어 놓으면 오래 사신다고, 김 서방이 준비한 거라고, 아버진 기분 좋게 찍으시면 되는 거라고 자세하게도 취지를 잘 설명한 아내. 그렇게 찍은 영정 사진 속 당신은 온화해 보였지만 무표정한 얼굴이었다. 기쁨도 슬픔도 없는 표정, 희끗희끗한 머리를 했지만 초라하지 않았다. 그 옛날 다부진 모습이라곤 온데간데없지만 “잘 찍었다.”며 만족해하셨다.

이 세상에 슬프지 않은 영정은 없다. 설령 해맑게 웃고 계신다 한들, 그것이 영정일 때는 한없이 막막하고 절망적인 법이다. 슬픔은 그런 거다. 나는 훗날 덜 슬퍼하기 위해 생신 기념으로 영정을 준비했다. 그 사진을 가능한 한 사용하지 않게 되기를 원했지만, 그것은 어디까지나 내 욕심일 뿐 결국 그 사진을 사용하게 되었다. 2017년 2월 21일의 일이다.

참, 이런 일도 있었다. 5월 어버이날을 맞아 예천 회룡포를 찾은 일이다. 돌아가시기 불과 몇 달 전이다. 회룡포에 무슨 잊지 못할 추억이라도 있으신 분처럼 한번 가 봤으면 싶다고 하셔서 찾았다.

회룡포는 낙동강의 지류인 내성천이 비룡산과 맞닥뜨리면서 태극무늬 모양으로 원을 그리며 350도 휘감아 돌아나가면서 만들어진 마을로 경북 예천군 용궁면에 있다.

고즈넉한 강마을로 오래전 드라마 ‘가을동화‘에서

인근의 경북선 철길과 함께 주인공인 은서와 준서의 어린 시절 고향으로 등장하면서 수많은 젊은 연인들의 여행지로 주목을 받고 있다.

가수 강민주는 '회룡포'란 노래를 불렀다. 대금의 애절함이 노랫말에도 배어 있어 구슬프기만 하다. 나는 당신과 함께 회룡포를 제대로 보기 위해 비룡산을 오르며 이 노래를 들었다. 힘들어하시는 당신을 위해 휴대폰에서 동영상을 찾아 켰다. 그리 가파른 산은 아니었지만, 당신은 전망대가 있는 회룡대(해발 199m)를 앞에 두고 발길을 돌리셨다. 세월 앞에 무뎌진 장인의 강건했던 체력의 한계를 직접 목격한 게 안타까웠다.

결국, 그리 보고 싶어 했던 사진 속 회룡포의 아름다운 풍광을 멀리하고 '뿅뿅 다리'라 불리는 200m 길이의 철 다리를 건너 회룡포마을에 도착했다. 구멍이 숭숭 뚫린 건축용 철판을 두 줄로 깔아놓은 다리는 큰비가 내리면 물속에 잠긴다.

5월의 햇볕은 따가웠다. 유구한 시간을 흘러왔던 물이 줄어들어 드러난 강의 밑바닥은 온전히 백사장으로 변했다. 내성천은 국내의 수많은 하천 중에서도 고운 모래가 가장 많은 하천이다. 자연도 세월 앞에선 그 지형이 변함을 어찌할 수 없다는 것을 새삼 느낀다.

그날 나와 아내, 그리고 장인은 마을 앞에 세워진 돌

비석을 배경으로 사진을 찍었다. 사진기를 챙겨가지 못해 제대로 찍지는 못했다. 휴대폰이라곤 있었지만, 그 당시의 휴대폰은 지금의 휴대폰과는 화질 면에서 현격한 기술적인 차이가 있어 마음에 든 사진을 얻지 못해 아쉬웠다. 가끔 사진을 꺼내 보며 그때 일을 추억하면 왠지 모르게 눈물이 절로 그렁그렁하다. 당신과의 마지막 여행이 이리도 시리고 애틋할 줄 몰랐다.

아주 가끔은 이런 생각도 해본다. 이때 당신이 그토록 가고 싶어 하셨던 회룡포를 찾지 않았다면 어떠했을까. 아마도 난 두고두고 후회하고 또 후회했을 것이다. 당신과 함께했던 여행이 어디 이날뿐이었을까마는, 가고 안 계신 지금에 와서 곰곰이 뒤돌아보면 자꾸만 생각이 난다.

세상천지에 후회가 없는 인생은 없다. 되도록 후회할 일을 만들지 말아야 하는데 그게 어디 쉬운가. 지나간 일은 되돌이킬 수 없기에 매사에 신중하고 진중하게 살아갈 일이다. 당신은 생전에 '진인사대천명盡人事待天命'을 신조로 삼으셨다. '해야 할 일을 다 하고 나서 하늘의 명을 기다린다'는 뜻을 곱씹을수록 사무쳐 오는 그리움은 어쩔 수가 없다.

첫 월급

아주 오랜 시간이 지나도 잊지 못할 추억이 생겼다. 살아오면서 숱하게 희로애락의 순간을 겪었지만 적어도 내겐 남다른 날이다. 딸 다정이가 첫 월급을 받았다며 저녁을 거하게 샀다. 할머니 용돈에 엄마 아빠 그리고 제 오빠 용돈까지 두둑하게 챙겨줬으니 통 크게 인심을 쓴 게다.

올 초 대학을 졸업하고 얼마 전 운 좋게 시청에 2년짜리 계약직에 덜컥 붙은 아이. 졸업하고 몇 달간은 도서관에 나간다고 일찍 일어나 헬스장에서 운동하고 샤워하며 바지런하더니 결국은 컴퓨터 활용 2급 자격증을 손에 넣었을 때쯤 우연히 찾아온 기회를 잡은 행운아. 대학을 졸업하고도 취직을 못 해 하염없이 세월만 허송하고 있는 또래들에 비하면 행운의 여신을 곁에 두고 있어 천만다행이다.

지난 말일에 첫 월급을 탔다는 이야기를 아내가 귀띔했다. 3일 치를 제하고 받은 월급이 157만 원, 9급 공무원 첫 월급쯤 된다. 계약직마저도 없어서 못 들어가는 마당에 그나마 생애 처음으로 월급이란 것을 받았으니 이젠 어엿한 사회인이 아닌가. 어느새 연둣빛 같던 새싹이 의젓이 장성해서 제 밥벌이를 하고 있다고 생각하니 기특하기만 하다. 물가에 세워 놓은 아이처럼 여리디여린 것이 생존경쟁이 치열한 삶의 바다에서 어떤 수완으로 난관을 극복하는 항해를 해나갈지 걱정을 떨쳐버릴 수가 없다.

누구에게나 첫 월급에 얽힌 추억 하나쯤은 있게 마련이겠지만 내 기억은 또렷하지 않다. 30년 전의 일이다. 지역 신문사를 전전하느라 제대로 월급을 받아본 적이 없다. 그래서인지는 몰라도 막내누이가 불미스러운 사고를 치는 바람에 변호사 비용으로 당시 200만 원을 선불받은 일은 잊히지 않는다. 간호학원을 나와 지인분의 소개로 종합병원에 취직했던 막내누이가 온전히 지금까지 직장생활을 했더라면 지금쯤은 다복하게 살아가고 있지 않을까. 형제 중 어머니에게 가장 아픈 손가락이 되고 보니 가끔 하는 생각이다.

7남매를 두고 아버지가 일찍 세상을 떠난 후 어머니 혼자 꾸리는 살림이니 궁핍함은 남들보다 더했다. 변변치 못한 터수에 어디 아픈 손가락이 막내누이뿐일까마는, 세월이 흘러 지금에 와서 여러 형제를 두루 살펴보면 어머니에겐 그래도 가장 마음에 걸리는 장미꽃 가시 같은 존재다. 하루는 느닷없이 밤늦게 이기지도 못하는 술을 마시고 전화해서는 "엄마가 해준 게 뭐가 있느냐"며 넋두리를 쏟아내 어머니 속을 까맣게 태워놓은 적이 있다. 억장이 무너지는 소리에 어머니의 생도 한 계단 무너져내렸음을 누이는 알까? 하도 제 사는 삶이 버거우니 홧김에 하는 소리겠거니 생각한다. 다들 어렵게 번 돈을 궁한 살림에 보태지 않은 이가 없을 만큼 힘들게 살아왔지 않은가.

나의 청춘도 별반 다르지 않다. 시내 외곽에 있는 군부대에 복무를 하면서 야간에 식당에서 일한 적이 있다. 입대 전 1년을 일해온 곳이다. 시내 번화가에서 갈비를 전문으로 취급하는 몇 안 되는 제법 큰 식당이었다. 행정병으로 복무하던 터라 육체적으로는 견딜 만했다. 식당에서 먹고 자며 지냈다. 월급날이면 밤 11시 막차 버스를 타고 시골집에 들러 어머니와 함께 밤늦도록 이야기를 나누다 잠이 들었다. 몇 푼 되지 않는 월급이지만 어머니께 드리면 당신은 애썼다며 한참을 뚫어지라 내 얼굴을 바라다보시곤 하셨다. 아버지의 부재는 장남인 내가 감당해야 할 간고함이라고 생각했다. 누굴 원망할 힘도 없었다. 그저 묵묵히 한 달 한 달을 이겨내는 게 최선이었던 시절, 그 어려움을 이겨냈기에 오늘날이 있지 않았을까.

제대 후 몇 년을 지역 신문사에서 변변찮은 시간을 보내다가 이렇게 살아갈 수만은 없다는 생각에 '나만의 일'을 찾아 나섰다. 나이 스물다섯에 고작 100만 원을 갖고 사무실을 냈다. 당시로서는 생소한 '생활정보지' 신문사를 문공부에 허가 등록을 받아 창업이란 걸 했다. 그 후로 14년을 운영하며 결혼해 가정을 이뤘으니 나름 성공한 셈이다. 인생의 한 부분에서 가장 어렵고 힘든 순간을 말하라면 이때를 꼽을 것 같지만, 훗날 물질적으로 풍요를 가져다준 시간이기도 했다. 하지만 나의 사업가 기질은 여기까지, 뜻하지 않게 사업체를 팔고 경험도 없는 일에 뛰어들다 5년 동안 겪은 쓴맛은 혹독했다. '잘나갈 때 어려워질 때를 생각하라'는 의미를 일찍 되새기지 못한 탓이다.

모름지기 일을 그만두고자 할 때는 나중에 내가 무엇을 할 것인지를 세심하게 살피고 검증했어야 했지만, 섣부른 판단이 가져온 대가는 참으로 가혹했음을 뒤늦었지만 되돌아본다.

이젠 지천명知天命의 나이 반을 남겨두고 있다. 대학교를 갓 졸업한 자식 둘이 곁에 머물러 있다. 젊은 층 실업률이 코로나 유행과 맞물려 깊은 수렁에서 빠져나오지 못하고 있음이 안타깝다. 살아갈 인생을 고민해야 하는 자식을 두고 보니 그 옛날 어머니가 감내해야 했던 마음이 어떠했을까 새삼 되돌아 생각해본다.

머지않은 날 아들이 첫 월급 받았다며 식사하자고 할 때, 그때도 어머니가 함께할 수 있기를. "살다 보니 손녀가 주는 용돈을 다 받아본다."며 기뻐하던 어머니의 얼굴을 어찌 잊을까. 저무는 서쪽 하늘의 구름이 너무 예쁘다며 딸은 제 엄마와 북천 둔치로 서둘러 산책을 나간다.

3
마스크와 한 철을 보내며

하찮은 병은 없다

한 달째 불편함을 참아가며 지내는 일상이 여간 번거로운 게 아니다.

지난 9월, 추석을 코앞에 두고 서둘러 한 치질 수술의 후유증이 이리도 오래갈 줄 미처 몰랐다. 연휴가 일주일쯤 되니 이참에 미뤄왔던 숙제를 하지 싶어 큰맘 먹고 한 수술이다. 연휴 기간 '방콕' 하며 읽고 싶은 책이나 실컷 보고 유유자적 보내면 괜찮겠지 했던 게 이리도 오래간다. 이쯤 되면 중증이다. 생활이 여러모로 불편하다. 눈만 뜨면 배설 후 좌욕을 하고 항문 부위에 정사각형의 솜을 끼워넣는 수고로움이 여간 번거로울 수가 없다. 연하디연한 생살을 잘라냈으니 몸이 감당해야 할 고통이 어디 가겠는가. 오롯이 내가 감내해야 할 몫이니 어디 하소연할 데도 없다.

어릴 때부터 고질병으로 달고 지낸 치질을 처음 수술한 것은 결혼하고 얼마 지나지 않아서였다. 당시에는 전문병원이라고 특화된 의료체계가 아니라 지방의 조그마한 종합병원에서 온갖 병을 다 취급하던 때라 선택의 여지가 없었다. 레이저 시술이 일상화된 요즈음 의술에 비하면 당시에는 생살을 메스로 절개하는 기초적인 수준이었으니 재발은 어찌 보면 자연스러운 일이겠다는 생각이 든다. 그로부터 이십 년이 흐른 날, 내 엉덩이는 생면부지의 사람에게 허연 속살을 내보이는 수모를 또 한 번 겪었다.

소식을 전해 들은 어머니는 "미련스럽게 그걸 참고 여태 어떻게 지냈느냐."고 안쓰러움 반 꾸중 반 일갈하셨다. 당신도 오래전에 겪은 일이니, 환자가 겪을 수 고로움을 아시는지라 딱해서 혀를 찼다. 몸은 아파봐야 그 소중함을 안다지 않은가. 찔러서 안 아픈 육신이 어디 있을까마는, 치질은 어디 내놓고 이야기하기가 영 께름칙한 질환이다. 눈으로는 볼 수 없는 위치에서 삶의 한 부분 중 가장 중요한 역할을 감당함에도 하위급 취급을 당하는 항문, 배설이란 성스러운 의식을 치르면서 정작 가치를 제대로 평가받지 못하는 애꿎은 신세다.

요 며칠 전 변비로 심한 고통을 당한 일이 있다. 아침저녁으로 보던 배변의 상쾌함이 간절했던 시간이었다. 금방이라도 항문을 찢고 나올 것 같다가도 이내 멈춰지는 배뇨감 때문에 진종일 고통을 겪어야 했다. 결국 약국에서 변비약을 사 복용했다. 약효가 생기자면 시간이 필요한 법, 일 분 일 초가 금쪽같은 시간이건만 봉긋한 배에 아랫도리는 우리하게 쑤셔오는 이중고를 겪어본 이들은 알 터이다. 왜 진작에 관리하지 못해 사서 고생할까, 곱씹으면 건강에 우매한 자신이 한심하기만 했다.

보다 못한 딸 다정이가 퇴근하고 와서는 어쩌지 못하는 아버지의 꼴을 딱하게 여겼던지 긴급 처방으로 변비에 특효라며 주스를 만들어 건넸다. 바나나에 시금치와 블루베리를 넣고 믹서기로 갈았다. 말로만 걱정하는 아내보다 정성을 다해 건강한 주스를 만든 배려에 애틋한 감정이 일어 조막만한 얼굴을 한 번 더 쳐다보았다. 단번에 마시라고 눈짓한다. 저녁을 먹은 뒤라 양이 너무 많다며 조금 남기자 대뜸 “그래서 똥이 나오겠냐.”며 다그치는 바람에 어쩌지 못하고 다 마셨다.

잠시 후 배 속에서 꼬르륵 반응이 왔다. 부두에 정박한 배가 출항을 알리는 뱃고동 소리, 항문의 괄약근이 조금씩 반응하기 시작했다. 화장실을 들락거리며 찢어질 듯한 따가움과 욱신거리는 통증으로 머리에 쥐가 날 정도다. 꽉 막힌 통로가 시원스레 터지는 순간만을 골똘히 고대했다.

소싯적 벽촌에는 '변소'란 게 있었다. 거름더미가 훤히 내다보이는 마당 한쪽에 구차하게 자리 잡은 모습이 동계훈련이 벌어지던 산속에서 거적때기로 얼기설기 만들어놓은 임시변소와 진배없었다. 가마니를 출입문 삼아 걸쳐놓은 재래식 뒷간에서 발가벗겨진 엉덩이를 찬바람이 스치면 얼얼해 겪어야 했던 변비가 기억 저 밑에서 새록 떠올랐다. 비데가 필수품이 된 요즈음 화장실 문화를 생각하면 상상이 가지 않는 시절의 씁쓸함이다. 변변찮은 농사로 궁색한 살림살이를 지내온 그 시절 촌에서 흔히 봐오던 풍경이다. 마치 조선 시대 초가에 거처하던 알량한 평민들의 생활상과 다르지 않다. 그러니 드러내놓고 얘기 못 할 수밖에.

노심초사하기를 여러 번, 마침내 쾌변을 보았다. 항문을 찢고 나오는 딱딱한 덩어리, 수술 부위가 아물지 않은지라 피가 묻어나왔다. '통쾌'하다는 게 이런 걸 두고 하는 말이지 싶다. 스포츠 경기에서의 역전, 미운 상대에 대한 복수, 자동차의 질주 본능과 하늘 높이서 맛보는 환희 따위에서 느끼는 카타르시스 못지않은

쾌감에 십 년 묵은 체증이 싹 가시는 듯했다.

병 중에서도 치질만큼 드러내놓고 얘기하기가 남사스러운 병도 없지 않나 싶다. 암은 애처로움과 동정의 산물이지만, 항문질환은 변변치 못한 이가 겪는 칠칠찮은 병 아닌 병으로 인식된다고 생각하니, 몸소 겪어본 당사로서는 억울하다는 생각이 든다. 화조풍월을 만끽하는 눈, 바람 소리에 반응하는 귀, 진해진미에 침샘이 솟는 입, 꽃의 향기를 취한 코 등등 우리의 몸에 있어 소중하지 않은 것이 없다. 항문은 두 다리 사타구니가 갈라지는 곳에 묵묵히 제 기능과 역할을 충실히 함에도 부끄러움을 많이 타는 구성원이다. 살기 위해 먹던, 먹기 위해 살던 그 애매모호한 논리의 끝은 항문이 해결한다. 기왕에 수술까지 했으니 매일 좌욕하며 건강하게 관리해야겠단 가르침을 또 하나 얻는다.

우리 몸에 귀하지 않은 게 어디에 있을까. 눈에 보이는 것만 볼 게 아니라 진정한 건강은 마음을 함께 다스리는 지혜가 필요하다. 사람의 얼굴만 보고 인격을 가늠할 수 없고, 볼 수 없는 내면의 깊이를 헤아리는 안목이 중요한 것도 이와 다르지 않다. 세상에 하찮은 병은 없다. 몸은 병 앓이를 통해 그 귀함을 다시금 생각하게 된다.

마스크와 한 철을 보내며

지구촌이 불안하고 뒤숭숭하다. 신종 코로나바이러스 감염증(코로나19)이 창궐한 지도 몇 달째. '신종'이라는 말은 아직 너를 잘 모른다는 말, 백신도 없고 치료제도 없다.

바이러스는 나타날 때마다 인간에게 퇴치되었기에 단단히 뿔이 났는지 더욱 강화된 모습으로 무장해 위협하고 있다. 우려에서 공포까지는 그리 오래 걸리지 않았다. 외출을 자제하고 밀집된 장소는 피하라는 재난 문자를 보는 게 일상이다. 신통한 묘책이 없을까. 사람들은 이제나저제나 탈출구만을 찾았다. 이러다간 정말 미칠 것 같다는 말, 이전에는 경험하지 못했다. 삶과 죽음의 경계선이 바로 곁에 있음을 보게 되는 요즈음이다.

전염을 두려워한 사람들은 접촉을 피했다. 단절은 고립을, 일상은 비정상적으로 꼬여만 갔다. 그러다 찾아온 최장 6일간의 황금연휴는 꿈만 같다. 살다 보니 옆을 돌아볼 여유가 없었다. 전염병을 이기기 위해서는 생업도 멈춰야 한다는 것을 경험했다. 인간을 숙주 삼으려는 코로나19의 생존 방식에 대처하느라 공장이나 학교, 사회 활동이 줄줄이 멈춰 섰다. 멈춘다는 것은 정지를 의미하지는 않는다. 내 몸 하나는 가둬 놓을 수 있었지만, 시간이 지날수록 늘어나는 권태로움은 가둘 수 없었다. 사람끼리 부대끼며 생활하는 세상에서 '사회적 거리 두기'는 사람과 사람 사이에 섬을 만들어 놓은 지도 오래다. 물리적 거리가 멀어진 만큼 마음의 거리도 그만큼 벌어지지 않을까 걱정된다. 그동안의 자유로웠던 일상이 이리도 그리울까.

규제가 따랐던 '사회적 거리 두기'가 완화된 '생활 속 거리 두기'로 바뀌면서 맞이한 연휴는 달콤했다.

여느 휴일 같으면 늦잠에 빠졌을 아내가 왠지 이른 아침부터 부산을 떤다. 열어젖힌 베란다 창문에서 찬 기운이 방 안으로 스멀스멀 들어오자 그제야 딸 다정이도 일어났다. 얼른 아침밥을 챙겨주고는 몸치장을 하고 부랴부랴 바람처럼 두 모녀가 집을 빠져나갔다. 인근에 있는 아울렛 매장에 쇼핑을 하러 가기 위해서다.

오랜 '집콕'에 길든 나는 출구를 찾지 못했다. 같이 가자고 할 때 따라나설 걸 그랬나 싶다. 아쉬움도 잠깐, 습관적으로 텔레비전을 켜자 어김없이 온통 코로나 관련 뉴스뿐이다. 하지만 오늘은 다르다. 텅텅 비었던 김포공항은 제주도를 가기 위해 짐을 바리바리 싸들고 나온 여행객으로 붐볐다. 생계를 위협받던 기업엔 단비 같은 호재다. 돌하르방이 마스크를 쓴 모습이 되레 우스꽝스럽다. 동해안의 호텔도 일찌감치 예약이 매진이란다. 이대로 바이러스의 침습이 끝났으면 좋겠다.

"가까운 친구 집에 들러 저녁이라도 함께하려고요."

"바닷가에서 파도 소리를 들으면 힐링이 되지 않을까요."

여행길에 나선 사람들이 한결같이 하는 말이다. 탈출구를 모색해왔던 이들에겐 너무나 소박한 꿈이잖은가. 며칠 전부터 영덕 바닷가라도 다녀오자던 아내의 바람을 들어주지 못한 게 못내 미안함으로 남는다.

혼자 남은 공간은 언제나처럼 허허롭기만 하다. 추수가 끝난 뒤의 들판이 가졌을 쓸쓸함이다. 무엇보다 사람이 그립다. 혼자 있는 시간을 좋아한다 했지만 지친다. 여행은 떠나는 자만이 누리는 삶의 기쁨이지만 남는 자는 한갓진 일상과 맞닥뜨려야 한다. 앙드레 지드는 '여행과 질병은 자아 찾기의 두 통로'라고 말했다지.

딱히 별다른 취미라곤 갖지 못한 나는 그동안 밖으로만 두었던 시선을 내면으로 돌리면서 소일할 거리를 찾았다. 〈세계 테마기행〉 프로를 보는 게 낙이다. 교육방송(EBS)에서 하는 여행 다큐멘터리인데, 지난해 촬영분을 몰아보기 중이다. 한 번도 가보지 못한 세계 각국의 이름난 명소와 오지를 찾아가는 걸 보는 재미가 쏠쏠하다. 코로나19가 나에게 준 선물이다. 바쁜 일상을 뒤로하니 생기는 여유 중에 또 하나는 오랫동안 찾아뵙지 못한 사람들에게 전화를 거는 일이다. 그러고 보니 한둘이 아니다. 이를 어쩐다.

오후가 되자 집 앞 북천 방천길의 벚꽃은 유난히 눈부셨다. 여행을 떠나지 못한 사람들이 삼삼오오 마스크를 쓴 채 산책을 나와 북적였다. 초속 5cm는 벚꽃이 땅에 떨어지는 속도, 시속으로 환산하면 0.18km 거북이걸음쯤 된다. 사람들의 느릿한 발걸음에 하얀 꽃가루가 밟힌다. 이 봄이 더디게 가길 바라진 못했다. 대신 봄 한 철이 끝나기 전에 코로나가 물러가길 바랐다.

볼 게 많아서 봄이라 했다지만 올핸 많은 사람이 봄을 빼앗겼다. 진해·여의도 벚꽃 축제가 가로막혔고, 삼척·제주·부산의 유채꽃밭이 갈아엎어졌다. 천리포 수목원의 목련 축제도 열리지 않았다. 절벽으로 추락한 고용·산업 현장에는 비할 수 없지만 마음의 박탈감도 그에 못지않았다. 휑하게 구멍 난 가슴이 언제 다시 채워질지 하염없는 기다림만 계속됐다.

길고 긴 바이러스와의 싸움이 잠시 소강상태에 접어들었다. '생활 속 거리 두기'로 삶은 다소 늦춰졌지만, 마스크 쓰기는 여전하다. 기침의 비말이 원인이다. 열이 없고 기침을 하지 않는 무증상자도 전파할 수 있다 하니 어쩔 수 없는 노릇이다. 10시간에 불과한 KF94 마스크의 수명에 목숨을 의탁하는 순간부터 가슴이 알 수 없는 공포로 우둔 방망이질을 해댄다. 인류 사회에 또 다른 하나의 엔데믹(주기적으로 발생하거나 풍토병으로 굳어진 감염병)으로 절대 사라지지 않을 수 있다고 하는데 독감처럼 매년 이어지는 일은 절대 없어야겠다.

눈에 보이지 않는 것들은 무섭다.

좁은 공간에서 많은 사람과 들숨과 날숨을 공유하

는 일상이 실종된 지 이미 오래다. 어디를 가나 얼굴이 마스크에 가려져 예쁜 미소도, 표정도 알 수 없는 세상이 되었다. 마스크가 이젠 일상품이 되지는 않을지. 77억 인간이 저지른 환경오염에 대한 신이 울리는 경종인가. 피할 수 없는 슬픔의 고통으로 웃음을 잃어버린 시간들이 무지했던 일상의 과오를 반성하게 한다. 평범한 일상이 행복이라는 것을 통렬히 깨닫는 요즈음이다.

확진자가 줄어 다행스럽지만, 그 사이 '확~ 찐 자'로 부쩍 불어난 모습에 화들짝 놀란다. 코로나는 예기치 못한 재앙이지만 세상을 바로 세울 기회가 되지 않을 거라고 누가 장담할 수 있을까.

내년 봄, 벚꽃이 흐드러진 북천을 마스크 없이 산책하리란 희망을 품어본다.

아프다는 거

한때는 『아프니까 청춘이다』란 제목의 책이 베스트셀러인 적이 있었다. 읽어보진 못했다. 감당할 수 없는 무게로 밀려들 파도가 무서웠다. 세상이라는 거친 바다를 헤엄쳐가는 사람들의 가쁜 숨소리를 들을 자신이 없었다. 겁 많고 소심한 난 내적으로 심한 파도가 칠 땐 글을 쓴다.

아프지 않은 인생이 어디 있을까. 누구의 삶은 행복이 앞에 오고, 또 누군가에게는 뒤에 올 뿐 사노라면 맞닥뜨리게 되는 거다. 왜 하필이면 아픔이어야 하는가? 행복이 더 달콤할는지 몰라도, 그것이 반드시 글을 써야 할 이유가 되진 않는다. 더 행복하고, 오래도록 향유하기 위해 처절하게 아파하는 것이 맞을지도 모르겠다. 아픔은 그런 거다. 오래도록 지속한다면 궁극에는 죽음, 더 아파할 수 없는 지경까지 가닿기에 저 밑바닥 어디쯤에선 멈춰야 한다. 인간의 삶은 역경을 내포하고 있다.

'타산지석他山之石으로 삼아야 한다.'

이 말은 아픔이 마지막 버티는 힘이다. 절체절명의 위기에서 더 나락으로 곤두박질치는 것을 막아주는 댐과도 같은 말이다. 눈시울을 훔치며 뼈저린 아픔을 견뎌낼 수 있는 용기를 준다. 위로는 진통제와 같다.

무릇 명작은 아픔 없이 탄생하지 않는다. 세계 문학 대문호들의 작품을 굳이 열거하지 않더라도 이미 수많은 작품들을 대해왔다. 토마스 하디는 '테스'를 연재하면서 독자들로부터 기구한 사랑 때문에 첫 남자를 살해한 테스를 죽이지 말라는 압력을 받았지만, 결국 죽음으로 귀결되는 마지막 장면으로 명작이 될 수 있었다. '안나 카레니나'가 비참해진 자신의 상태를 견디지 못하고 플랫폼으로 들어오는 기차에 몸을 던져 자살하지 않았다면 애틋함은 남지 않았을 것이다. 가슴 뭉클한 감동은 아픔의 또 다른 이름, 슬픔에서 솟아나는 눈물이다. 해피엔딩엔 통쾌함과 즐거움의 감동이 흐르지만, 아플 때 흐르는 눈물이 더 애처롭다.

덜 아프기 위해 쓴다.

사람들의 꿈은 행복하게 살아가는 것이다. 진작 행복한 삶은 타인의 관심을 끌지는 못한다. 부러움의 대상이 될지언정 공감과 애틋함과는 거리가 멀기에 사랑을 받지 못하고 그들만의 이야기로 밋밋하게 끝이 난다. 인기 드라마치고 막장 드라마가 아닌 게 없다는 것이 이를 방증한다. 농촌 사람들의 훈훈한 인간미를 다루며 장수 프로그램으로 인기를 구가했던 '전원일기'를 보더라도 인생사는 우여곡절을 겪으며 흘러간다. 하물며 드라마도 아픔을 얘기하지 않고는 인기를 얻지 못하는 세상이다. 우린 그런 세상에서 살아가고 있다.

글을 쓰면서 갖지 못하고 느끼지 못한 걸 경험한다. 글쓰기 책이 많이 팔리는 이유에 대해 강신주 교수는 '자신이 주인공이 되는 까닭'으로, 그 또한 연애와 같다고 했다. 한때는 배고픈 인생을 산 이들이 권투를 했고, 그런 권투엔 '헝그리' 정신이 챔피언이 되는 필수 조건이기도 했다. 이 모든 것은 더 나은 삶을 누리기 위한 몸부림이고 절규다. 노동 악법을 부르짖으며 분신한 이한열 열사의 꿈도 인간답게 사는 세상이었다.

인간답게 산다는 것은 자신의 아픔을 조절해가는 삶이기도 하다. 가누지 못할 아픔은 이미 내 것이 아니다. 끝없이 추락하다 보면 한 가닥 희망조차 없는 소실점으로 사라지고 만다. 최소한 덜 아프기 위해 쓰는 나는 한 줌 거리 빛이라도 품을 수 있기에 행복하다.

아픔을 글로 쓰는 것만큼 큰 행복은 없다.

아픔의 끝은 죽음 아니면 회생불능의 지경일 터. 그러면 아무런 것도 쓸 수 없지 않은가. 살아있기에 쓸 수 있으니 그나마 다행한 일이다.

뭇사람들은 대개 남의 슬픈 일에 눈물을 짓고 가슴으로 화답한다. 누구나 겪었을 일이거나 겪을 수 있는 일이기 때문이다. 한 방송사의 트로트 오디션에 참가한 여성의 이야기다. 그녀는 초등학교 시절 국악에 입문했지만, 아프신 아버지를 위해 신장을 떼어내는 바람에 국악을 포기했다고 한다. 뱃심이 없어 더 노래를 부르지 못했다. 그러한 아버지가 이번엔 간암으로 고생하시자 희망을 주기 위해 그녀가 부른 노래는 '아버지와 딸'.

> 내가 태어나서 두 번째로 배운 이름 아버지 /가끔씩은 잊었다가 찾는 그 이름 /우리 엄마 가슴을 아프게도 한

이름 /그래 그래도 사랑하는 아버지 /세상 벽에 부딪혀 내가 길을 잃을 땐 /우리 집 앞에 마음을 매달고 힘을 내서 오라고 /집 잘 찾아오라고 밤새도록 기다리던 아버지 /내가 시집가던 날 눈시울을 붉히며 잘 살아라 하시던 아버지 /사랑합니다 우리 아버지!

간절함으로 부른 노래는 심사위원들의 눈시울을 젖게 했다. 노래가 끝남과 동시에 참았던 눈물을 흘리던 딸의 모습은 정말 행복해 보였다. 아버지에게 효도했다는 뿌듯함, 결코 아픔의 눈물이 아니다. 행복은 그런 거다. 아픔 뒤에 온몸으로 느끼는 회한悔恨은 무엇에 비할까?

아프다는 거.

그것은 성숙해 가는 여정이다.

내 생애 설악산과 첫 맞선

도회지 사람들은 시골살이를 낭만적이라고 생각하겠지만 일상을 햇살과 바람을 안고 사는 나에겐 가끔은 멜랑콜리의 대상이 되기도 한다. 단조롭다는 것은 정신적인 고갈의 상태, 지루한 시간이 가져다주는 권태함이다. 이 허허로움에서 벗어나고자 발버둥 쳐보지만 뾰족한 수가 있을 리 만무하단 것을 시골에서 살아본 이는 공감하리라.

여행이 사치란 생각을 할 때가 있었다. 새롭고 경이로운 문물을 접할 때는 일탈이 절대 헛되지 않았다는 걸 인식하지만, 지구가 공전하며 만들어지는 계절의 주기에 영향을 받아 변화무쌍한 풍광을 마주하다 보면 그리 큰 감흥은 가슴 저 밑바닥에서 샘솟지 않는다. 내 삶의 터전에서 보아온 무위자연無爲自然의 모습과 별반 다르지 않다는 것이 기쁨을 끄집어내지 못한 탓이다. 하지만 어쩌랴. 물질적으로 풍요롭지 못한 수중에서 내가 선택할 수 있는 건 신기루 같은 물질문명의 세계가 아닌 원초적인 자연의 모습에서 희열을 갈구하는 게 타당한 것을.

일상이 단조롭다고 생각하던 어느 날, 우연히 떠남의 시간을 갖기로 했다. 여행을 가자. 내가 적籍을 두고 있는 모임에서 2박 3일간 일정으로 프로그램을 짜서 안내문을 보내오던 날 망설이지 않고 화답했다. 얼마간의 자부담이 있었지만 걸림돌이 되진 않았다. 그동안 누더기가 돼온 삶에 활력소를 불어넣을 호기라고 생각이 들자 미력하나마 힘이 난 게다.

장석주 작가는 에세이집 『우리를 행복하게 하는 것들』에서 이렇게 말한다. "여행은 휴식 없이 이어지는 일과 업무의 과부하, 익숙한 것들의 과잉이 빚는 권태에서 벗어나려는 시도이다. 그것이 발견의 계기를 주는 경험이고 뜻밖에 창조적 생각이라는 선물을 주기 때문이다."

11월의 아침은 참으로 더디게 찾아온다. 지구의 자전에 따른 낮과 밤의 길이가 현격한 차이를 보이는 요즈음이다. 새벽 6시 출발이라는 공지에 따라 간밤 뜬 눈으로 지새우다시피 잠을 설치다 겨우 시간 맞춰 나갔을 때의 환희는 여행이 갖는 묘한 감정이다. 떠나기 전의 설렘이 여행의 반이라지 않던가. 흑요석 같은 어둠을 뚫고 버스가 내달리자 비로소 여행에 몸을 맡겼다는 걸 실감한다.

얼마간의 시간이 지나자 희붐한 새벽이 스멀거리며 찾아왔다. 아침을 굶고 차에 몸을 의탁한 지 한 시간쯤 지나자 휴게소 주차장에 멈췄다. 얼큰한 해물순두부로 허기진 속을 채우고 다시 바람을 가르고 달리는 차창 밖으로 알록달록 단풍으로 물든 산야가 파노라마처럼 지나간다. 가을에야 비로소 느낄 수 있는 탈색의 광경을 두고 뭇사람들은 그렇게나 탄복하고 희열의 눈빛으로 행복의 미소를 짓는다. 행복은 찰나의 순간이다.

일행이 단풍의 참멋을 느끼기 위해 찾아간 곳은 해발 700m의 외설악, 여행 이틀째의 일이다. 케이블카의 쇠 음을 산새 지저귐으로 들으며 5분 만에 도착한 권금성에서는 멀리 동해와 울산바위, 토왕성폭포 등 다양한 경치를 조망할 수 있다. 높낮이를 달리하며 바라본 외설악의 풍경은 감탄사를 연발케 한다. 이 환희

와 행복을 느끼기 위해 떠나온 게 아니던가. 내 몸이 의탁한 곳은 과학이 만들어 낸 케이블카라는 기기이고, 압도하는 풍광을 마주할 수 있음도 오롯이 문명의 혜택이 가져다준 것임을 새삼 인지한다. 세상에 하나가 주는 만족은 없다. 하물며 인간이 비비적대며 살아가는 인생살이도 이와 다르지 않다. 상호작용은 만물이 존재하는 생존방식이다.

닐 암스트롱이 인류 최초로 달에 착륙해 첫발을 디뎠을 때의 감정은 어떤 것이었을까? 케이블카에서 내려 10분쯤 도보로 이동하자 마침내 마주한 기암괴석의 우람한 광경은 저 밑바닥 세상과는 분명 이질감으로 다가왔다. 환호작약했다. 흡사 아무도 살지 않는 미지의 세계 행성의 모습 같았다. 가슴엔 황홀감을, 뇌리엔 생경함으로 각인돼 한동안 그 자리에서 놀라운 풍광을 숭배해 맞았다. 내 생애 설악산과의 첫 맞선이다.

미끈하게 잘 빠진 바위의 몸매는 처녀의 속살처럼 희고 부드러웠다. 억겁의 시간 속에서 비바람에 거칠어진 표면은 차라리 앙탈 부리는 여인의 성깔과도 같다. 손을 뿌리치지 아니하고 잡아주는 이끌림, 그 우아함에 많은 나그네가 쉼 없이 찾아오는 곳. 참 잘 왔다.

사람들은 저마다 기암괴석과 주변의 풍광을 사진에

담는 데 열중이다. 각양각색의 바위만큼이나 포즈도 다양하다. 아슬아슬하게 바위 끄트머리에서 다리에 힘을 주고 두 팔을 뻗어 포효하자 내 모습이 고스란히 렌즈에 담기는 소리가 난다. 찰칵, 자연이 물질문명으로 들어가 한 몸이 되는 음향이다.

내가 평소 잘 따르는 선배가 한참을 스마트폰 속 한 장의 사진을 두고 머뭇머뭇했다. 4년 전 결혼한 딸과 함께 와 찍은 사진을 두고 말이다. 오늘 같은 장소에서 그 당시 포즈대로 인증샷을 담아오라는 미션을 받았는데 도대체 해당 장소를 찾을 수가 없단다. 정상에 부는 바람에 못 이겨 갈대처럼 옆으로 누워버린 소나무를 배경으로 찍은 사진인데, 아무리 봐도 사진 속 소나무를 찾을 수가 없어 위치를 제대로 못 찾아 난감해하던 차였다. 일행 여럿이 머리를 맞대니 어렵잖게 찾은 장소엔 소나무가 베어진 상태다. 변함없이 자리를 지키고 있었던 건 돌무더기뿐. 바위틈에서 끈질기게 생명을 버텨낸 키 작은 소나무의 생존이 그저 놀라울 따름이다.

오랜 세월을 두고 만들어진 기암괴석의 형상은 인생 그 너머 형언할 수 없는 시공간의 산물이다. 풍파에 꺾인 삶은 베어진 소나무와 같지만, 억겁의 시간 자연의 풍파를 견뎌낸 바위는 변함없이 같은 자리에서 단단함을 더해만 간다. 겉은 마모가 될지언정 웅숭깊은 속은 유구한 역사가 되는 위엄을 갖고 오늘도 건재해 있다.

이러시면 곤란합니다

가끔은 별거 아닌 거로 속상해하거나 다툼을 할 때가 있다. 상대방의 무례를 생각해보면 참는 것만이 능사는 아닐 터. 욱하는 기질이 어디 가겠는가. 다혈질의 성격 때문에 시비에 휘말린 적이 한두 번이 아니다.

비가 내리고 볕이 따사로운 어느 날, 이웃한 세차장을 모처럼 찾은 일이 있다. 온갖 먼지에 만신창이가 된 '애마'를 세차하기 위해서다. 아내는 "웬만하면 세차 좀 하지." 퉁 아닌 퉁을 벌써 며칠째 하고 있던 참이다. 휴일의 망중한을 티브이 앞에서 보내는 나를 향한 불만의 표시인 게다.

세차장은 환골탈태의 장이다. 이른 아침이라 찾는 이가 뜸하다. 방금 세차가 끝난 하얀 차에 물 왁스를 먹이는 젊은 사내의 손길이 분주하다. 뙤약볕을 막기 위해 설치해놓은 검은 그늘막 사이로 들어온 햇살에 고급 세단이 반짝인다. 작물이 농부의 발걸음 소리를 듣고 자라듯 차도 바지런한 주인을 만나면 저리도 때깔이 나는 법이다.

내가 타고 다니는 소형차 스파크를 세차하고 나니 그새 세차장을 찾아온 이도 서너 명이 더 늘었다. 국산차, 외제 차, SUV 등 각양각색이다. 장거리를 갈 때 주로 타고 다니는 큰 차 산타페를 세차할 때는 얇은 옷이 땀으로 흥건했다.

그때였다. 동전 교환기만이 제 소임을 다하고 있던 세차장에 한참 후 느릿느릿 걸음걸이로 다가오던 나이 지극한 주인이 플라스틱 의자 위에 놓여있던 발판을 땅바닥에 내던지며 아무렇지 않게 내 옆을 지나쳐 간다. 순간 나는 내심 '제 물건만 중요하고 남의 것은 하찮은 것인가?' 하는 자괴감이 들었다. 세척한 발판을 볕에 말리기 위해 잠시 줄에 늘어놨는데, 그중 하나가 집게가 없어 천상 의자에 올려놓은 것을 노인이 무심하게도 땅바닥에 야멸차게 내동댕이친 게 하도 속상해서 한마디 했다.

"뭐 하시는 겁니까!"

노인은 힐끔 고개를 돌리며 아무렇지 않다는 듯 "거

기 놔둬도 잘 말라."라고 말한다. 이 무슨 황당한 말인가 싶어 재차 따지듯 한마디 건네자, 이번에는 "젊은 사람이 왜 그리 불만이 많아." 어이가 없어 물끄러미 바라다보니 굳은 인상으로 되레 꾸지람을 하듯 쳐다보는 모습이 불손하기 그지없었다. 마치 기분 나쁜 일을 겪고 출근한 사람이 괜한 사람 붙잡고 시비하는 것만 같았다.

"이렇게 불친절해도 되는 겁니까?"

노인은 이번엔 뒤도 돌아보지 않고 가게 안으로 들어가 버렸다. 그런 노인을 향해 나는 속이 상한 마음에 '나잇값을 해야지.' 들릴 듯 말 듯 속엣말로 내뱉었다. 메아리 없는 공허한 푸념이다.

노인의 불친절은 두고두고 생각해봐도 납득이 가지 않았다. 나에게 어떤 잘못이 있었던 걸까? 설령 발판을 바닥에 무성의하게 던졌어도 "아침에 무슨 기분 나쁜 일이 있었겠지." 하고 넘겼으면 어땠을까. 아니면 "제가 잘못 얹어 놨네요. 죄송합니다."라고 했으면 좋았을까. 별의별 생각이 다 들었다. 그래도 이건 아니지 않은가.

속상한 기분을 삭이면서 세차에 열중일 때 부인으로 보이는 이가 캔커피를 들고 와서는 웃으며 건넨다. 해맑은 얼굴을 보니 나도 모르게 부아가 스르르 녹아

내려 절로 손을 내밀었다. 아마도 노인이 한마디 사과 없이 화해의 표시로 건넸으면 결단코 받지 않았을 거다. 노인은 세차장 구석구석을 비질하고 다니며 내게는 눈길 한번 주지 않았다. 나 역시 얼른 세차를 끝내야겠다고만 생각했다. 그러기를 얼마 뒤 노인이 내 곁으로 은근슬쩍 다가와서는 "바닥에 놓고 말려도 잘 마르길래 그랬지."라며 머쓱해했다. 혼잣말이다. "미안하네." 한마디 하면 될 것을 끝내 말하지 않는 노인의 옹고집이 헤아려지지 않았다. 나 역시 듣는 둥 마는 둥 걸레질만 해댔다.

사람들은 화가 나면 어떻게 말을 할까?

이럴 경우 옛 선현들은 '아무리 화가 나도 막말은 하지 말라'고 가르치고 있다. 더 나아가 '세상살이는 남을 배려하며 살아가는 것'이라는 지혜를 일러준다.

이해인 수녀는 『고운 마음 꽃이 되고, 고운 말이 빛이 되고』란 책에서 영화배우 안성기 씨에 대해 이렇게 말하고 있다. '국민배우' 안성기 씨는 체질적으로 화를 낸다거나 누구를 저주한다거나 부정적인 표현을 못한다. 한 기자가 "화가 나서 하는 표현이 하나 정도는 있지 않으냐?"고 물으니, 안성기 씨의 답변이 무척 인상적이었다. 그는 너무나 미운 사람이 있으면 "이러시면 곤란합니다."라고 딱 한마디 한다고. 지극히 교양 있는 말이다. 말은 그 사람의 인격을 가늠한다고 하지 않는가.

물질만능주의가 팽배한 요즈음 시대에 사람들은 너나없이 고급 차를 타고 다니지만 꼭 그 사람의 인격과 비례하지는 않는 것 같다. 인품이 불량한 이가 벤츠를 타고 다닌다 해서 고매한 인격의 소유자가 되지는 않는다. 겉치장에 열중할 것이 아니라 '마음의 때'를 씻어내는 일, 앞으로는 세차하며 곰곰이 나의 허물은 무엇인가도 되돌아봐야 하겠다.

항저우와 서호의 추억들

만리장성萬里長城의 나라 중국은 아무리 구경해도 바닥이 드러나지 않는 바다보다 더 깊고 넓은 나라였다. 볼거리가 너무 많으니 무진장이라는 표현이 딱 어울릴 것 같다는 어느 작가의 표현이 그럴듯하다.

가을이 한창 무르익는 10월, 한국수필가협회가 매년 주최하는 해외 문학 세미나에 참가하기 위해 중국 여행길에 올랐다. 산문문학의 본고장에서 열린 이번 심포지엄에는 회원 40명이 참가했다. 지난해 일본에서의 행사가 워낙 재미있었다는 후문이다. 일행들은 3박 4일간 일정으로 항저우와 소흥에 머물며 한국 관광객이 다녀보지 못한 생소한 곳을 찾아다니며 대륙의 숨겨진 문화의 정취를 만끽하는 호사를 누렸다.

인천공항에서 비행기로 1시간 50분 거리에 있는 중국 항저우는 우리나라보다 1시간 느리다. 첫째 날과 셋째 날 머문 항저우는항주, 杭州 인구 900만 명으로 중국 동남 연해 저장성 북부에 있으며 정치·경제·문화의 중심도시로 2,200여 년의 역사를 간직하고 있다. 일찍이 오월국과 남송의 수도로서의 번영을 누린 7개 고도의 하나로 '인간 천당'이라 불리며 중국에서 '가장 행복한 도시'로 평가되고 있다.

여행의 설렘도 잠시, 중국에 도착한 일행이 가장 먼저 찾은 곳은 남송어가 역사문화 거리인 청하방淸河坊 옛 거리이다. 현재 항저우에서 유일하게 비교적 보존이 잘 돼 있는 옛 도시로, 남송 시기 항저우의 정치·문화 중심이자 상업 밀집 지역이다. 거리의 차, 약, 음식, 수공예 및 많은 백 년 전통의 점포 문화, 민간 예인과 민속 노점, 시정의 정취가 잘 살아 있어서인지 거리는 많은 사람으로 북적거렸다. 서울의 북촌 한옥마을과 대구 젊은이의 거리 동성로가 여기에 비할까. 옛것을 그리워하는 것은 사람 사는 곳이면 다 같다고 생각했다.

이번 여행의 궁극적인 목적은 작가들과의 교류와 함께 중국 산문문학의 정수를 체험하며 수필창작에 대한 창의력을 고취하기 위함이다. 중국을 대표하는 근현대 문학가인 노신魯迅, 1881~1936의 발자취를 따라가 보기로 한 것은 여행 시작 전부터의 설렘이었다. 노신의 출생지는 저장성 사오싱紹興이며 본명은 주수인周樹人이다. 1918년 5월, '노신'이란 필명으로 중국 현대문학사 최초의 백화白話문 소설인 「광인일기」를 발표해 중국 신문화 운동의 주춧돌을 놓음으로써 중국 문학을 진정 현대로 들어서게 한 인물이다. 우리에게는 중편소설 「아Q정전」으로 잘 알려져 있다.

노신이 살았던 옛집 '노신고거'는 사오싱시 동쪽 창방구 신대문 노신중로에 있다. 대지 4,000㎡(1,210평) 남향 벽돌집으로 총 100여 칸으로 주周 일가가 모여 살던 곳이다. 넓은 정원과 함께 오래된 옛집은 당시의 생활상을 고스란히 보여주고 있다. 하지만 우리나라에 널려 있는 많은 문학관과 비교하니 노신의 삶의 흔적을 고스란히 간직한 옛집은 문학의 향취를 느끼기에는 아쉬움이 많았다. 우리의 문학관들이 겉모습이나 전시내용물이 더 알차다는 느낌이 들었다.

여행 마지막 날 오전에 일행들은 서호西湖에서 유람선 관광을 즐겼다. 전날 강남 수향마을동리, 同里에서의 뱃놀이와는 전혀 다른 운치를 경험했다. 동리가 소박한 정취와 옛 모습들이 제법 남아 있어 자연스럽고 은은한 물가 마을을 구경할 수 있어 좋았다면, 서호는 넓은 호수가 주는 평온함이 있어 그야말로 유유자적했다. 가이드는 제법 시깨나 읊는 풍류객처럼 서호가 가진 매력에 대해 찬찬히 설명을 이어갔다.

서호西湖는 삼면이 산으로 둘러싸이고, 한 면이 도시를 감싸 안고 있는 자연 호수다. 예부터 문인 묵객의 발자취가 서호변 동굴이나 누각과 정자, 사당이나 사찰, 벽이나 묘지, 탑 등에 많은 이야기와 전설이 새겨져 있다. 저 멀리 산 아래 청기와로 지은 집은 장개석蔣介石, 1887~1975이 공산당을 피해 1946년 대만 섬으로 도망가기 전 묵은 별장이라고 한다. 중국의 그 많은 보물을 대만으로 옮겨가면서도 아름다운 서호를 가져가지 못함을 안타까워했다니 더 말해 무엇하랴.

유람선에서 올려다본 가을하늘은 고향 상주에서 본 하늘과 다를 바 없이 푸르렀고, 흰 구름 몇 조각이 유유히 흐르고 있었다. 한가롭고 평화로운 풍경이었다. 살랑이는 강바람을 맞으며 호수를 오가는 여러 척의 유람선을 바라다봤다. 크기와 모양이 제각각이었다. 강변에는 키가 큰 능수버들이 줄지어 서 있다. 너른 호수에서 거니는 배의 모습이 마치 한 폭의 동양화에 나오는 그림 같았다. 중국은 운하가 잘 발달해 있다. 베이징과 항저우를 종단하는 경항京抗운하는 태평양과 대서양을 연결하는 '파나마운하', 투르크메니스탄의

카라쿰 사막을 지나는 '카라쿰스키운하', 러시아의 볼가강과 발트해를 잇는 '볼가발트 수로'와 함께 세계적인 운하로 손꼽힌다.

한때 이명박 정부는 국정과제의 하나로 한반도대운하사업을 선정해 4대강 사업을 추진 발표했다. 그리고 2009년 7월 착공에 돌입 총 22조 2천억 원이라는 천문학적인 비용이 투입됐지만, 지금은 철거 문제가 거론되고 있다. 한반도의 절경을 제대로 구경할 수 있는 운하가 정상적으로 건설되었더라면 어떠했을까 하는 아쉬움이 밀려들었다.

이번 여행을 알찬 해설로 잘 이끈 이는 가이드를 맡은 김혜진 씨다. 조선족 2세로 흑룡강성 하얼빈에 사는 마흔을 앞둔 얼굴 예쁜 처자다. 저명한 한국의 정치가들이 광복 100주년을 맞아 중국을 방문했을 때 안내를 맡았을 정도로 해박함을 가진 그녀는 결혼할 생각은 없다면서도 굳이 한다면 중국에서 결혼해 자식을 둘쯤 낳아 조선족 자치주가 유지하는 데 일조를 하겠다는 생각을 하는 속 깊은 사람이다. 공항에서 떠나는 일행과 악수와 포옹을 하는 그녀의 화사한 얼굴이 아직도 눈에 선하다. 이다음에 중국을 여행하게 된다면 다시 만날 수 있으려나.

중국요리는 보기만 해도 살이 찌는 것 같았다. 기름

지고 느끼하여 음식을 먹고 나면 개운하지가 않은 것은 비단 나만의 일이 아니었다. 집 떠나면 고생이라는 말도 이번 여행에서는 실감 나지 않았다. 문학이라는 동질감을 가진 이들과 함께 걷고 오순도순 얘기하며 지낸 짧은 시간이 인생의 소중한 추억이었음을 다시 한번 되새긴다. 이번 여행에서 스마트폰에 담은 사진들을 모아서 앨범을 만든다고 하니 벌써 기대가 된다. 그렇게 여행의 마지막은 사진을 통해서 추억을 쫓는 또 다른 여행을 시작한다.

영남의 젖줄 낙동강변에 들어선 '낙동강문학관'

-낙동강 700리 시작점 퇴강리, 낙동강문학관, 경천대

감염병을 겪다 보니 어디 좀 탁 트인 곳에 가서 상념에 젖어 자박자박 걷고 싶은 생각이 간절했다. 차라리 멀리 떠나지 못할 바엔 강江만 한 곳이 어디 있을라고. 바다는 멀지만 인생의 강은 가까이에 있다. 낙동강의 소리를 시어로 담아오신 향토시인 박찬선 시인과 함께했다.

영남嶺南의 서북쪽 상주에는 낙동강이 흐르고 있다. 상주의 옛 이름 상낙上洛의 동쪽으로 흐른다고 하여 붙여진 낙동강은 자연경관이 낙강에서 제일 아름답다. '상주'와 '낙동강' 연작시를 써오고 계신 시인은 퇴강에서 경천대 낙동나루(낙단보)가 있던 관수루觀水樓에 이르는 구간을 "조화옹이 특단의 구상으로 자연미의 총

화를 연출했다."고 말한다. 지금 겸재가 살았다면 그는 분명 관수루에 앉아 윤슬로 눈부신 강과 도남서원 너머의 낙조를 화폭에 담았을 것이다. '강물을 마음의 눈으로 바라보며 세심洗心의 정취를 즐긴다'는 뜻을 가진 관수루는 이름만으로도 숙연케 한다.

낙동강은 강원도 태백시 함백산咸白山,1,573m에서 발원하여 영남지방의 중앙을 관통하여 남해로 흘러드는 본류의 길이가 525.15km(1,300리) 압록강 다음으로 긴 강이다. 상주 사벌국면 퇴강리에는 '낙동강 칠백리 이곳에서 비롯한다'는 표지석이 세워져있다. 영남의 젖줄인 낙동강이 강다운 강으로서의 출발지를 의미한다. 비문은 박찬선 시인이 2007년에 쓰셨다. 14년의 세월이 지나 다시 찾은 표지석에 손을 얹은 시인의 뒷모습 너머 잔잔히 흐르는 강물이 참으로 무심하게 유유히 흐른다.

낙동강의 본류와 영강이 합류하는 이곳 퇴강리에는 상주 지역 최초의 천주교 교당인 퇴강성당退江聖堂이 마을 중심에 자리 잡고 있다. 경북 북부지역 천주교 신앙의 산실이며 천주교의 역사를 대변하는 교당으로 1956년에 건립됐다. 물이 돌아 흐르듯 어제와 오늘을 돌아보게 하는 퇴강리다.

'문학의 강' 낙동강

상주의 낙동강은 문학의 현장이다. 7세기 가까이 이어온 낙강시회洛江詩會가 이를 반증하고 있다. 낙강에 달 띄우고 시를 노래한 '낙강시회'는 1196년(고려 명종 26년) 백운 이규보의 시회로부터 1862년(조선 철종 13년) 계당 류주목의 시회까지 666년 동안 51회의 시회가 있었다. 퇴강에서 경천대를 거쳐 죽암竹岩, 합강정合江亭, 관수루에 이르는 약 50리 구간에서 이루어졌다. 전국 어느 강에서도 찾아볼 수 없는 독특한 정서를 담고 있다.

이후 140년간 단절되었던 시회는 '낙강시제洛江詩祭'로 개칭하여 지난 2002년 8월 2일과 3일 경천대에서 재현되었다. 당시 한국문인협회 경북지회장을 맡고 있던 박찬선 시인이 한국문화예술진흥원에 계획서를 제출 성사되어 오늘에 이르고 있다. 시회詩會를 시제詩祭로 한 데 대해 시인은 "단순히 시를 위한 모임으로 그치는 것이 아니라 선인들의 고결한 시 정신을 기리고 시에 대한 고고성과 제의적祭儀的인 경건함에 뜻을 두었다."고 설명했다. 2006년부터 참여 시인들의 시를 모아 낙동강 사화집詞華集을 발간하고 행사는 전국 규모로 확대해 열고 있다. 이는 낙동강문학관이 건립되는 데 중요한 토대가 됐다.

낙동강문학관

낙동강문학관의 주소는 중동면 회상리 갱다불길 100번지이다. '갱다불'은 '물이 많은 강'이란 뜻이다. '갱'은 곧 '강'이요 '다불'의 '다'는 많다[多]는 의미, 불은 오전된 음으로 물을 뜻함이니 지극히도 소박함을 지녔다. 도남서원道南書院을 멀찍이 마주 보고 있어 애초에 점지된 땅임을 직감케 한다.

낙동강문학관은 '낙강시회'가 아니었다면 꿈도 못 꾸었을 일이다. 역대에 있었던 시회를 정리하여 담을 공간에서 비록 시작됐지만, 지금은 지역 문학의 산실로 첫걸음마를 떼고 개관을 앞두고 있다. 경치 좋은 강변에 들어선 문학관은 도남동 도남서원 앞 광장에서 범월교泛月橋 건너 경천섬을 지나 현수교인 낙강교를 건너면 바로 맞은편에 자리 잡고 있다.

낙동강문학관은 전국의 여느 문학관과는 그 성격이 다르다. 대개의 문학관이 한 작가의 문학적 발자취를 담고 있다면 낙동강문학관은 특정 시대의 한 사람을 기리는 것이 아니라 장구한 역사의 흐름 속에 그때마다 뜨겁게 생애를 마친 이 땅의 선비들을 모시는 문학의 전당이다. 그 발상과 숨결이 다르다. 강의 이름을 딴 문학관도 처음이다. 새로운 강 문학의 창출이라는 점에서 의미가 크다.

낙동강 신나루 문화벨트 조성사업의 하나로 2011년 착공해 2016년 준공했다. 건평 270m², 기역(ㄱ)자 한옥으로 지었다. 실내는 전시실, 사무실, 창작실, 도서실로 나뉘고, 전시실은 모두 4개이다. 중앙 홀에는 낙동강의 3대루(안동 영호루, 의성 관수루, 밀양 영남루)의 영상과 대표시 9점을 게시했으며, 제1전시실은 낙동강과 상주문학실로 역대 상주를 빛낸 16선비의 시와 약력을 소개하고 그에 따른 자료를 전시했다. 제2전시실은 낙강시회실로 낙강시회의 대표적인 7차례의 중심인물과 작품 일부를 게재했다. 특히 22m가 넘는 낙유첩洛遊帖의 복사물과 시화와 연관된 자료 전시뿐만 아니라 2002년부터 시작한 낙강시제의 행사물을 전시했다. 제3전시실은 오늘날의 상주문학과 1960년대 전국에 알려지고 꽃피웠던 '동시의 마을'을 위한 공간이다. 서클별로 활동하는 문학회를 소개하고 발간한 동인지를 전시한 점은 여느 문학관에서는 쉬 찾아볼 수 없는 것으로 이채롭다.

제일 절경 '경천대'

문학관 내부를 둘러보고 나오면 밖은 파노라마처럼

펼쳐지는 전망이 압권이다. 유장한 강과 어우러진 자연 절경이 펼쳐진다. 그 옛날 겸재가 그려놓았을 산수화 정도의 풍광이라면 지나친 비약일까. 최근에는 관광객 유치를 위해 새롭게 현수교를 놓아 산보 삼아 건너오는 이도 줄을 잇는다. 문학관 뒷산에 자리 잡은 '학 전망대'는 경천섬을 한눈에 내려다볼 수 있는 최고의 자리다. 해 질 무렵이면 홍시처럼 바알갛게 물든 저녁놀을 렌즈에 담으려 출사 온 이들이 누르는 셔터의 효과음이 환청으로 들린다.

경천대는 낙동강 일천삼백 리 물길에서 경치가 제일 아름다운 곳으로 국민관광지로 이름났다. 처음 이름은 하늘이 스스로 만들었다고 하여 자천대自天臺라 했으나 하늘을 받든다는 뜻으로 경천대擎天臺라고 했다. 하늘 높이 솟구쳐 오른 바위 위로 푸른 하늘과 햇살을 담은 송림이 우거져 있고, 절벽 아래로는 깊이를 알 수 없는 물이 소리 없이 흐른다. 4대강 보가 생기기 전에는 금빛 모래사장이 햇빛을 받아 반짝이는 멋진 모습을 볼 수 있었지만 수몰돼 기억으로만 또렷할 뿐이다. 때론 정책이 흔적을 지우면 세월은 기억을 앗아간다. 우리의 역사는 그렇게 흘러왔다.

옛 선비들은 풍광이 좋은 곳에 누정을 지어 아름다운 자연을 즐겼다. 하지만 요즈음은 자연스럽게 물길이 만든 경천섬 공원이 그 자리를 대신하고 있다. 여의도 1/4 크기의 작은 섬 안에 있으면 사방으로 흐르는 강물이 보여 마치 바다 위에 떠 있는 것 같다. 볕 따스한 날 그늘막에 돗자리를 들고 와서 감성 캠핑을 즐기는 사람들을 쉽사리 볼 수 있다. 상주보와 인접한 곳에는 상주시가 코로나19 이후로 부쩍 늘어난 캠핑족을 위해 야외 캠핑장을 운영하고 있다. 해가 이울면 저마다 식사 준비에 분주하고, 오구작작 아이들의 재잘거림이 정겹기만 하다. 경천대 인근에는 상주박물관, 국제승마장, 자전거박물관, 국립낙동강생물자원관, 도남서원, 드라마 〈상도〉 촬영장 등도 있다. 지난 역사를 새기며 작은 위로와 휴식이 될 풍경들이다.

이리 해가 저문다. 한적한 오후의 한때를 스승님과 동행한 짧은 시간이 두고두고 추억이 될 듯싶다. '인생은 짧고 예술은 길다'는 관용구를 굳이 되새기지 않더라도 향토시인으로 오랜 세월을 묵묵히 걸어온 임의 호흡을 곁에서 느낄 수 있음이 행복한 하루였던 적이 또 있었던가. 잊지 말지니. 글 인생 마지막 여정을 문학관 건립에 쏟은 열정이 화개만창한 이 봄 벚꽃보다도 진하고 아름답다는 것을.

경북 상주 모동면 백화산의 둘레길 '호국의 길'

'백화산을 사랑하는 사람들'이 일궈낸 역사 현장

경북 상주 모동면에는 이름도 특이한 둘레길 '호국의 길'이 있다. 둘레길의 사전적 의미는 '산이나 호수, 섬 등의 둘레에 산책할 수 있도록 만든 길'을 말한다. 신종 코로나바이러스 감염증(코로나19) 확산 이후 걷기 좋고 자연 친화적인 둘레길이 심신이 지친 피로를 달래는 명소로 떠오르고 있다. 제주 둘레길이 이미 세계적인 브랜드가 됐지만, 상주시의 명품 둘레길인 호국의 길도 격리된 생활에 지친 시민들의 발길이 이어지면서 힐링과 치유의 길이 된 지 오래다. 하필이면 몹시도 무더운 날 백팩을 메고 나섰다. 초행길이다.

'호국의 길'은 2011년 행정자치부가 주관한 둘레길 조성 공모에 선정되어 총 25억 원의 예산을 들여 조성했다. 구수천龜水川을 중심으로 옥동서원에서 반야사 옛터까지의 둘레길은 6km, 찬찬한 걸음으로 3시간 남짓 걸린다.

경북 상주에서 충북 황간 경계선까지 트인 길은 물길을 따라 걷는데 두 개의 징검다리, 출렁다리, 두 개의 개량형 농다리가 이어준다. 천년 구슬 물소리를 따라 걷는 숲길은 점입가경이다. 구수천 8탄, 굽이치는 여덟 여울은 은하수를 내린 듯 반짝이며 흐른다. 조만간에는 상주시가 이곳에 35억 원을 들여 '에코힐링센터'를 조성한다고 한다.

상주 시내에서도 비교적 벽촌에 속하는 모동 지역은 그 옛날 역마루와 봉수대, 조정에 올린 명품 도자기를 굽던 곳으로 교역이 활발했다고 전해진다. 삼국 통일 시기 김유신 장군이 백제를 공략하기 15년 전 상주 대장군으로 있을 때 여기에 금돌성을 쌓고 나당 연합군으로 백제를 침공할 때까지 만반의 준비를 해왔던 곳이다. 오래된 이야기지만 새길수록 새롭다.

백옥정의 8폭 풍광

산길은 그리 험하지 않고 굴참나무 등이 울창해 상념에 젖기에는 그만이다. 다만 경사가 급한 곳은 인공적으로 데크로 계단을 만들어 놓아 되레 다리에 무리가 오며 숨이 찼다. 굳게 문 닫힌 옥동서원 앞에서 기념 촬영하고 앞서간 일행을 만난 건 백옥정百玉亭에서다. 주말이면 전국의 이름난 둘레길을 찾아 나선다는 전남 무안에서 온 동호회로 열 명쯤 됐다.

백옥정은 모동면 수봉리 백옥봉 꼭대기에 있는 정자로 8개 기둥 사이로 각기 다른 풍광과 만난다. 백옥정에서 백화산 정상 한성봉(933m)을 가리키며 유구한 역사의 한 자락을 꺼낸 이는 황인석(66) 씨다. 지역의 사학자로 누구보다 백화산의 역사성을 잘 아는 이로 가이드를 부탁하자 선뜻 동행했다. 한창 바쁜 농사일도 제쳐두고 나온 그의 백화산에 대한 열정이 그저 고마웠다. 방촌 황희 정승의 20대손으로 그의 선고先考, 황유옥 역시 한학을 중심으로 다양한 지식을 습득했으며, 향토사鄕土史에 조예가 깊은 분이셨다. 2대에 걸쳐 평생을 지역의 역사 연구에 몰두한 예도 흔치는 않을 것이다.

당초 호국의 길은 '천년 옛길'로 명명하였으나 역사

적인 의미를 더해 '호국의 길'로 바뀌었다. 이 둘레길은 통일신라에서 고려, 조선에 이르기까지 지명과 함께 전해오는 숱한 굴곡진 역사를 품고 있다. 하고많은 멋진 둘레길 이름치고는 무미건조하고 다분히 학구적, 교훈적이다. 하지만 옛 어른들이 이 길을 걸으며 지은 한시漢詩만도 현재까지 남아 있는 자료로 296여 수가 넘는다고 한다. 둘레길은 모두 구수천 8탄으로 나뉘어 있다. 빠듯한 일정에 다 둘러보지 못해 어디서 어디까지를 말하는지를 세세히 알 수 없어 아쉬움이 남는다. 한 굽이 돌 때마다 경관의 아름다움과 선비들과 백성들의 호국과 충절 정신을 노래해 왔던 역사적으로 몰랐던 이야기를 알고 나면 우리 땅에 현존하는 둘레길 중에 으뜸이리라 생각한다. 빼어난 경치에 굴곡진 역사가 스며들어 어느 곳 하나 허투루 볼 곳이 없다. 그동안 우리는 자연에만 취해온 게 아닐까. 역사가 깃든 둘레길은 경건함과 함께 무언의 소리를 던져준다. 어떻게 여기까지 존속돼왔고, 살아가야 할지에 대한 답. 역사는 물과 같이 유유히 흐를 뿐이다.

사라진 섶다리, '출렁다리' 건너

산속으로 빨려 들어가는 물줄기는 며칠 전 내린 비

로 탁하고 거셌다. 무싯날도 물이 마르지 않는 곳으로 심산유곡이 따로 없다. 산길 이곳 저곳으로 돌다리를 밟고 넘어가야 하건만 이날은 거센 물길로 엄두조차 내지를 못했다.

한참을 걷다 보니 로버트 레드포드 감독의 영화 '흐르는 강물처럼'의 명장면이 떠올랐다. 산속 계곡에서 낚싯줄을 던지는 동생 폴 맥클레인 역을 맡은 브래드 피트가 흐르는 맑은 강물에 발을 담그고 낚시줄을 던져 고기를 잡는 모습이 숲속 풍광과 어우러져 아름답게 오버랩됐다. 물만 탁하지 않았어도 충분히 그 모습과 흡사하리라. 아버지는 아들에게 낚싯줄을 던지는 법을 가르치기 위해 다음과 같이 말한다. "낚시란 말이야. 10시 방향과 오후 2시 방향 사이에서 이루어지는 네 박자 리듬이야."

엉뚱한 생각도 잠깐, 구수천의 흙탕물에 마음 한편에서도 주체할 수 없는 암울함이 엄습해 왔다. 물고기를 잡기 위해 족대조차 담글 수 없는 처지로 변한 하천의 거센 물길이 이미 방둑을 무너뜨린 홍수로 느껴졌다. 돌 사이를 흐르는 청아한 물소리는 꿈이었다.

전형적인 산길로 연해 있던 곳이 어느 순간 울퉁불퉁 돌길과 만났다. 그렇게 한참을 걷다 보니 출렁다리가 나왔다. 구수천 8탄 중 4탄 지점(송골~보장골)에 이르면 여울 폭이 넓다. 그 옛날에는 동네 사람들이 섶다리를 놓았다고 하나 지금은 80여m의 출렁다리가 그 역할을 대신하고 있다. 저승골과 임천석대를 연결하기 위한 섶다리는 둘레길을 만들면서 한때 생겨났지만, 지금은 아련히 사라진 모습이라 못내 아쉬웠다.

임천석대와 몽골 장수 차라대

이곳 둘레길의 하이라이트는 임천석대林千石臺이다. 임천석은 북과 거문고를 잘 켜는 고려 영관伶官으로 고려가 망하자 건너편 깎아지른 절벽 위에서 거문고를 안은 채 절명사를 남기고 떨어져 죽은 불사이군不事二君의 충절을 지킨 고려의 악사樂士이다.

이곳은 저승골로 통하는 길목이다. 산 전체에 스산한 기운이 가득하다. 1254년 고려사 기록에는 "몽골 장수 차라대가 상주성을 치거늘 황령사의 승 홍지가 제4관인을 사살하고 사졸의 죽은 자도 과반수에 달하여 드디어 적이 포위를 풀고 퇴거하였다."고 기록돼 있다.

몽골의 최고 장수 차라대를 상대한 상주의 순수 민간인들에 의한 20일간 전투에서 승리는 믿기지 않는 놀라운 일이다. 백화산 그날의 벅찬 승리의 함성이 저승골, 전투강변, 방승재, 한성봉의 지명으로 750여 년간 입으로 전해져 내려오고 있다. 비석으로 표현될 만큼 작은 승전이 아니라 조형물로 표현된 것만 봐도 이 날의 승전은 그 의미가 남다르다. 우리는 한성봉 정상까지의 완등을 포기한 채 아쉬움을 뒤로하고 이 지점에서 발길을 돌렸다.

'항몽대첩탑'은 마을 주민들이 해마다 7월 말이면 진산제를 지내는 동수나무에서 맞은편 산록에 있다. 지난 1254년 상주의 순수한 민중이 몽골의 11차 공격을 받아 금돌성에 피난한 상주 민중이 자위적 항쟁으로 침략군 몽골 병사 절반을 죽인 세계사적인 사건을 기념하고자 하는 취지로 건립됐다. 주위로 녹차錄此 황오黃五, 1816~?의 옥봉청망玉峰青望; 비 갠 날 옥봉을 바라보며 등 8수의 시비가 둘러있다. 그중 방촌 황희黃喜, 1363~1452는 사시가四時歌를 우리말로 새겨서 눈길을 끌었다.

둘레길 '호국의 길'은 '백화산을 사랑하는 사람들(백사모)' 모임이 일궈낸 길이다. 길은 사람의 발길이 닿아야 비로소 만들어지는 것이니, 그동안 이들이 얼마나 숱하게 이 길에서 땀을 흘렸는지 짐작이 간다. 오랫동안 백화산의 이름은 국립정보지리원에 등재되지 않은 무명의 산으로 남아 있었다. 산봉우리의 원래 이름인

한성봉은 몽골 장수 차라대가 군사 절반을 잃고 물러가며 '한이 서린 성'이라고 한 것에 유래를 두고 있다. 그러나 일제가 이 성을 사로잡았다는 의미의 '포성봉'으로 개칭해 한동안 불려 왔다. 일제의 민족정신 말살 정책에 의해 명칭 표기가 사라졌었다는 사실을 잊어서는 안 되겠다.

백사모와 항몽대첩

'백화산을 사랑하는 사람들'의 모임은 2007년 4월 26일 발대식을 갖고 출범했다. 첫 사업으로 항몽대첩비 건립에 이어 백화산과 정상 한성봉을 국립정보지리원으로부터 2007년 12월 26일 지정 제정을 받아낸 것은 민간단체로서는 놀라운 성과로 평가받고 있다. 나아가 그동안 백화산 역사성 재조명을 위한 학술대회를 여러 차례 열고 금돌성과 관요지를 국가지정문화재 지정을 요구해왔다. 금돌성은 1978년 국가유적 보수 작업으로 80여m가 복원돼 경상북도 문화재 자료 131호로 지정됐다. 관요지는 2015년에 이어 2016년에 발굴한 가마터로 세종지리지에 최상품의 자기소 4곳이 기록되어 있다. 옥동서원은 세계문화유산에 등재되지 못했지만 2015년 사적(532호) 국가 지정문화재로 확정됐다. 앞으로의 과제는 금돌성의 사적 승격과 임천석대의 국가 문화재 명승지 지정이 남았다.

힐링을 목적으로 떠나는 둘레길 여행이 역사 답사의 길이 돼 한 걸음씩 옮길 때마다 느껴지는 발걸음은 무거웠지만, 농민운동을 시작으로 대代를 이어 지역사 복원과 계승발전에 헌신해온 노력에 저절로 고개가 숙어졌다. 짧지만 역사 앞에 떳떳이 살아온 삶이었던가 되묻는 시간이 됐다.

경북 상주 모동면 백화산의 둘레길 '호국의 길'은 여느 둘레길과는 분명히 다르다. 숲길은 적의 침입으로부터 몸을 피신해야 했던 통로였고, 굽이굽이 골짜기는 적과 대치해야 했던 생존의 경계선이다. 역사의 발자취를 자박자박 찾아가는 답사의 길에서 들을 수 있었던 많은 이야기가 산에서 내려와서도 메아리로 들려오는 듯해 한동안 발길을 떼지 못했다.

‘고갯길의 대명사’ 문경새재, ‘문경의 소금강’ 진남교반

‘새도 한 번에 날아서 넘지 못한다는 고개’ 경북의 문경새재는 전국 아름다운 여행지 100선 중 1위로 잘 알려진 곳이다. 자연경관이 빼어나고 유서 깊은 유적과 설화 민요 등으로 이름만큼이나 전설도 많고 역사의 애환도 숱하다. 1981년 도립공원으로 지정돼 전국에서 찾아오는 이가 많다. 문경을 대표하는 명소라도 매번 같은 곳만 돈다면 여행은 지루해지기 마련. 그동안 축제와 놀이에서 많이 업데이트된 문경의 달라진 모습을 자박자박 걸으며 찾아보기로 했다. 여행자라면 ‘좋아요’를 연거푸 누르는 ‘숨은 문경’을 찾았다.

문경새재는 1관문에서 3관문까지의 거리가 6.5km

에 달한다. 걸어서 4시간 30분 거리를 온전히 걸어서 답사한다는 것은 힘이 든다. 하지만 매일 이 길을 도보로 오가는 사람들이 제법 된다. 평일인데도 너덧 무리 지어 산을 오르는 사람들을 찬찬히 뒤따르기로 했다. 건강이 좋지 못한 지인 중에 한 분은 인근 한 호텔에 숙소를 정해놓고 매일 아침이면 이 길을 오르내린 적이 있다. 이런저런 병을 앓던 이가 고갯길을 매일 오르내린 덕에 완치됐다고 하니 생각해낸 일이다.

문경서부심상소학교에서 교사로 근무한 적이 있는 박정희 대통령은 생전에 문경새재를 몇 번 찾았는데, 관광객 유치를 위해 도로를 포장해야 한다는 주변의 건의를 반대해 오늘날 비포장으로 오롯이 남게 됐음은 미공개 이야기다. 덕분에 문경은 8월이면 '맨발 걷기 축제'를 매년 열고 있다. 1관문에서 2관문까지 왕복 7km 구간을 참가자들이 맨발로 황톳길의 촉감을 느끼며 걷는 행사에 1만 5,000여 명이 찾는다. 이곳 황톳길은 적당한 습기를 머금고 있어 발이 닿을 때마다 포근히 감싸 안는 기분을 느낄 수 있고 건강의 효과도 크다고 홍보하고 있다. 내 살아온 인생에서 길바닥에 발 도장을 찍을 수 있는 일이 몇 번 있으려고.

명불허전 '옛이야기' 가득한 고갯길

길은 길과 맞닿아 있다. 길은 사람의 다리가 낸 길이기도 하지만 누군가의 마음이 낸 길이기도 하다. 조선 팔도 고갯길의 대명사인 문경새재는 영남대로가 지나는 곳으로, 당시 사람과 물류가 가장 많이 이동하는 나라 안의 가장 큰길이었다. 장원급제를 바라며 한양으로 향하던 선비들과 부자를 꿈꾸며 지나가던 보부상들의 옛 고갯길. 문경聞慶이라는 지명이 '경사스러운 소식을 듣는다'는 뜻이고, 옛 이름이었던 문희聞喜 역시 '기쁜 소식을 듣는다'는 뜻이었기 때문이다. 빼어난 자연경관에 계곡의 잘 마모된 너른 바위와 청량한 물소리, 이따금 들려오는 산새의 청아한 재잘거림이 삶의 무게를 다 내려놓게 만든다.

1관문인 주흘관主屹關, 244m은 동쪽에 솟아 있는 주흘산과 서쪽으로 뻗어 있는 조령산과 어우러진 매우 험난한 요새이다. 용사골에 있는 문경새재 오픈세트장은 과거 고려 시대를 배경으로 한 세트장을 허물고 새로운 조선 시대 모습으로 2008년 4월 준공했다. 광화문, 경복궁, 양반집, 초가집과 기와집을 합하면 모두 130동의 세트 건물이 자리해 매년 4~5월에는 '문경찻사발축제장'으로 활용된다.

그동안 KBS 대하드라마 태조 왕건, 무인시대, 대조영, 대왕 세종, 광개토대왕 등 많은 사극이 촬영했다. 궁예(870~918)가 부하 장수들에게 피살되는 장면을 촬영한 용추계곡의 너른 바위에서는 발길이 절로 멈췄다. "인생이 찰나와 같은 줄 알면서도 왜 그리 욕심을 부렸을꼬? 이렇게 덧없이 가는 것을…." 마지막 독백이 심금을 울린다.

휴식과 허기를 달랠 겸 동화원 휴게소에 들렀다. 제2관문 조곡관鳥谷關, 380m과 3관문鳥嶺關, 650m 사이에 자리한 곳으로 제철 산채전이 별미다. 취나물, 음나물, 갯방풍, 쑥, 두릅 등 갖가지 산나물이 한데 버무려진 맛이 오묘하다. 강원도 삼척이 고향이라 삼천댁이 된 여주인은 도토리가루에 밀가루, 돼지감자가루와 함께 반죽해 어디에서도 이 맛을 흉내 낼 수 없다고 밉지 않은 너스레를 떤다. 인심도 후해 빠알간 빛이 도는 맨드라미차를 덤으로 내주며 다음에 지나는 길 있으면 꼭 들르라 누님처럼 말한다. 나무 지팡이를 든 칠십 초로의 사내 둘이 들어서자 물을 것도 없이 라면 두 봉지를 냄비에 끓이는 걸 보고 일어섰다.

3관문 조령관鳥嶺關에서는 갓 20대 군대 시절 혹한기 훈련을 한 적이 있다. 한양 과거길을 오르내리던 선비들의 청운의 꿈을 한때나마 국방 의무를 하기 위해 풍찬노숙風餐露宿하며 밤하늘의 유난히 맑던 별을 세던 그 시절을 떠올리면 왠지 모를 눈물이 난다. 마흔아홉에 '별'이 되신 아버지의 짐을 대신해 궁색한 살림살이를 건사해야 했던 어머니는 같은 마을 용문댁, 용범이댁과 함께 문경새재 산골짝에 산 두릅을 찾아 휘젓고 다녔던 적이 있다. 알록달록한 등산복 색깔만큼이나 고달프고 시렸던 삶을 살았던 가족의 눈물 사史는 짙을 대로 짙어 쉬 잊히지 않음을 새삼 느낀다.

이외에도 문경새재는 임진왜란 때 신립申砬, 1546~1592 장군이 눈속임으로 인형을 세워 놓았던 이진二陣터, 경상도 관찰사의 교인식이 이뤄졌던 교귀정, 출장하는 관리들을 위한 공립 여관인 동화원과 조령원의 터, 한시漢詩가 있는 옛길 등 흥미진진한 이야기를 품고 있다. 내려오는 나그네의 등 뒤에서 새재 아리랑 가락이 들려오는 듯했다. 십 리도 못 가 발병 난다는 그 아리랑.

고모산성과 토끼비리

뒤늦은 점심을 묵밥으로 해결하고 찾아간 곳은 '고모산성姑母山城'이다. 오정산과 어룡산을 사이에 둔 진남교반을 내려다보고 있는 산성은 천연 요새로 470

년경에 축조한 곳으로 추정한다. 여러 차례 증축과 개축을 반복했다.

성곽길에는 특유의 결연함이 있다. 적의 침략을 막기 위한 요새인 만큼 성벽을 오르다 죽어갔을 숱한 목숨, 온갖 산풀이 무성한 것도 무관치 않으리라는 생각에 미치자 풀도 그냥 풀이 아니다. 산성으로 올라가는 섶에는 보라색 제비꽃과 붉은빛 줄기 딸기꽃, 앙증맞은 하얀 냉이꽃이 절규처럼 흐드러지게 피었다.

급경사를 곱사등을 하고 오르니 성곽이 저만치 눈에 들어왔다. 성곽을 떠받치고 있는 네모난 돌들의 모양과 색이 제각각이다. 오랜 흔적의 돌은 듬성듬성하고 최근 것은 촘촘히 올라간 돌 마디마다 조금의 허술함도 용납하지 않으려는 견고함이 느껴진다.

성곽길은 '토끼비리'라고 불리는 작은 오솔길과 연결돼 있다. 함께 간 문화해설사 김영숙 씨는 '토끼비리' 이야기를 써 수필가로 등단했다. 토끼비리는 태조 왕건이 군을 이끌고 진군하다가 이 숲길에서 길이 막혔는데 마침 그곳을 지나던 토끼가 벼랑을 타고 달아나는 것을 보고 길을 찾아 다시 진군하게 되었다는 이야기에서 유래한 이름이다. 때마침 바람도 거세게 불고 입고 간 옷이 얇아 가파른 산길을 옮겨다니는 것이 여간 고생스러워 가파른 험도를 애써 찾아 걷지는 않았다. 김 수필가는 성곽을 둘러보는 내내 자신이 쓴 글 '토끼비리'에 대해 궁싯거렸다. 나는 언제고 한번 일독했으면 싶다고 말했다.

봄날치고는 거센 바람이 유난스럽게 불어 냉기가 옷섶으로 파고들어 추위가 느껴졌다. 흐드러지게 핀 벚꽃만 믿고 입고 온 옷이 허술하고 얇았다. 어떡하랴, 예까지 꾸역꾸역 올라온 것을. 성을 함락시키기 위해 사력을 다해 화살과 돌멩이를 피해 쏜살같이 올라가는 적군처럼 날렵하게 움직이고자 애썼다. 하지만, 마성면사무소 옆 묵집에서 먹은 묵밥 때문에 배가 꺼지지 않아 굼벵이처럼 센바람을 온몸으로 맞아가며 산을 올랐다. 적을 향해 돌진하라는 명령어, 바람은 그렇게 세차게 귀를 때렸다.

매번 차를 타고 오가며 바라보던 고모산성을 마침내 등정했다.

높은 곳에서 강이나 촌락을 한눈에 내려다보는 위엄도 근사하다. 산성에서는 영강穎江과 기암절벽의 절경을 가로지르는 폐철로와 국도가 내려다보인다. 경북팔경 중 제1경으로 꼽히는 진남교반은 기암괴석과 층암절벽을 이루고 있어 유구한 시간 속에서도 유유히 그 멋스러움을 간직하고 있어 놀랍다. 올라오지 않았다면 느끼지 못했을 감동이다. 봄이면 진달래와 철

쭉이 만발하고, 계절마다 천태만상으로 변하는 금강산을 방불케 한다고 해 '문경의 소금강'으로 불린다. 산성 옆에 위치한 오정산 정상에서 진남교반을 내려다보면 영강의 모습이 S자형이라 한다. 겸재가 살았다면 필시 이런 절경을 놓치지 않았으리라. 그 절경이 그저 감탄스러울 뿐이다.

성의 규모는 길이 약 1.6km, 성벽 높이 2~5m 정도이다. 옛 성벽은 현재 대부분 허물어지고 남문지와 북문지, 동쪽 성벽의 일부분만 남아있다. 성벽으로 사용했던 돌들이 무더기 일렬로 널브러진 모습을 보고 있자니 방치한 것만 같아 헛헛했다. 노인 일자리에 사용하는 나랏돈 백 분의 일만이라도 쓰면 될 일을. 그 옛날 우리 선조들도 유비무환을 못 해 17일 만에 한양, 두 달 만에 평양을 적에게 넘겨주지 않았던가.

그럭저럭 내려오니 문경시가 최근 관광객 유치를 위해 기찻길 폐터널을 이용해 조성해 놓은 '오미자 테마 터널'로 사람들이 열 지어 기차처럼 찬찬히 들어가고 있었다. 겨울 같으면 해가 이울 시간이지만 절기상 농사비가 내린다는 곡우穀雨라 날이 훤하다.

여행은 '길 위의 문학'이라는 말이 있다. 책을 읽으려거든 여행을 떠나고, 추억은 고스란히 글로써 남긴다. 언제고 훌쩍 어딘가로 떠나고 싶을 때가 의외로 많지는 않다. 두려움 때문이다. 질곡의 삶을 잊거나 부정하며 산다는 만큼 무섭고 두려운 게 있을까. 낯선 곳 어디에도 내 삶이 아닌 게 없다는 것의 의미를 되새겨 본다. 머지않아 나도 아침이면 문경새재 고갯길을 오르는 나그네가 되어 있으리라.

4
냉장고와 금고

그녀의 첫 개인전

그녀는 화가다.

첫 개인전을 갖는다며 소식을 전해왔다. 여태껏 나는 그녀의 그림을 한 번도 본 적이 없었다. 여성 예술인단체가 주관하는 행사에서 만나 알게 된 인연으로 근 5년을 왕래해오면서도 말이다. 여러 단체의 사무국장을 도맡을 만큼 폭넓은 유대관계를 자랑하는 그녀는 늘 웃는 얼굴, 애교가 많은 사람이다.

며칠 뒤 전시회가 열린 갤러리에서 그녀를 만났다. '포플러나무 아래', 다분히 시詩적인 상호를 가진 갤러리는 시내에서 십오 분쯤 차를 타고 가야 하는 한적한 곳에 자리 잡았다.

시멘트 포장길을 달리다 보면 오르막길과 잇닿아

있는 도로변에 위치한 갤러리는 넓은 정원과 나지막한 건물 한 동으로 이뤄져 있다. 정원에는 매끈한 면을 자랑하는 자연석이 서너 개, 돌로 만든 조각품이 제법 운치가 있다. 앙상하게 가지만 남은 키 큰 두 그루 나무 앞 쇠기둥에는 전시회를 알리는 홍보용 배너가 바람에 너풀거렸다.

이 갤러리는 2018년 6월 오픈했다. 누구든 찾아와서 햇볕 드는 창가에 앉아 커피 한 잔 마시며 얘기를 나누다 가는 마음이 푸근한 곳이다. 겨울의 끄트머리, 아직은 찬 기운이 남아있어 찾는 이가 드문드문하지만 꽃 피는 삼월이 오면 많은 상춘객이 찾을 것이다.

그녀는 이곳이 썩 마음에 들어 첫 개인전을 해야겠다고 일찌감치 마음먹었다고 했다. 대개는 문화예술회관에서 전시회를 여는데 말이다. 접근성은 다소 떨어지지만, 여유를 갖고 찾아오면 힐링할 수 있는 공간이라는 게 그녀의 설명이다. 산지사방으로 산이 있고, 산 아래 밭과 그 밑으로는 겨울 가뭄으로 물이 흐르지 않는 조붓한 계곡이 돌바닥을 드러내놓고 햇살을 온전히 받고 있다. 빈 들판은 색이 바래 황량해 보인다. 숲은 무성했던 잎을 다 떨어뜨리고 마른 가지만 허공을 지킨다. 한때는 졸졸 물이 흘렀을 그 주변으로는 곧 있으면 노란 개나리가 만발하겠지. 차 한 잔을 들고 봄

볕 따스한 정원 벤치에 앉으면 이보다 더한 고요가 어디 있을까.

"지난 시간 너무나 많은 일들 속에서 나 자신을 잊고 살았는데, 처음 갖는 개인전만큼은 자유로운 곳에서 하고 싶었다." 그녀가 말했다.

그간의 고달픈 생활이 조금은 이해가 됐다. 그러면서도 묵묵히 자신만의 작품 세계를 구축해온 작가의 부단한 노력이 그저 놀라울 뿐이다. 거기에 비하면 나의 생활은 단조로움 그 자체다. 직장이라는 굴레에 갇혀 진작에 하고 싶었던 일을 전혀 하지 못한 것은 게으름 때문이다. 바쁘다는 것은 새삼 핑계였다는 것을 깨닫는다. 쉬 얻어지는 것은 없는 법이다.

그녀의 개인전이 열리던 날 점심시간에 맞춰 갤러리로 갔다. 인근 식당에서 같이 식사나 할 요량이었다. 때마침 김천에서 행사가 있어 가야 하는데 오프닝 시간에 맞춰 가지 못할 것 같아 양해를 구할 겸 미안한 마음을 식사로 대신하려고 했다. 빨간 원피스를 입고 웨이브로 긴 머리를 예쁘게 단장한 그녀는 저녁에 있을 오프닝을 위해 점심을 굶어야 한다고 말했다. 사진에 찍히는 모습이 예쁘게 나와야 한단다. 마흔일곱의 나이에도 가는 허리는 옷맵시를 도드라지게 했다. 주름이 잡히기는 했어도 얼굴은 생글생글 웃는 미소로 천상 소녀 같았다. '어머, 어쩌나' 하는 목소리는 애교를 담았다. 그저 무심하게 살아온 인생은 아니다. 장성한 아들 셋을 둔 주부라고는 믿기지 않는다. 너무나 잘해온 자기관리가 놀랍다. 그녀의 남편은 경찰관으로, 캠퍼스 커플이었다는 사실을 그녀의 대학 선배에게서 들었다. 무뚝뚝한 경상도 사내를 평생 반려자로 삼은 것도 그녀의 적극적인 대시 때문이라는 얘기를 듣고는 피식 웃음이 나왔다. 미인 앞에서는 제아무리 힘센 사내도 쓰러지는 법이다.

김천에서 급하게 달려왔을 때 이미 오프닝은 시작되고 있었다. 좁은 도로 양쪽으로 빼곡하게 차들이 주차한 길이가 꽤 길어 많은 이들이 찾았다는 생각에 다행히 안도가 돼 느긋하게 주차를 할 수 있었다. 식전공연을 막 끝내고 참석한 내빈들의 축사가 이어지고 있었다. 갤러리 대표는 많은 초대손님을 의식해서 화가 김복자를 담기에는 이 공간이 너무 작다고 말했다. 한 지인은 "어쩌면 이런 재주를 가졌느냐."며 "평소 접하지 못한 복자 씨의 면면을 보게 돼 놀랍다."라는 칭송을 쏟아냈다. 함께 다도茶道를 해온 이는 "평소 생활처럼 해온 다도의 모습을 작품화한 것이 고맙다."라고 말했다. 그렇게 그녀의 첫 개인전은 뭇사람들의 축하 속에 성대하게 치러졌다.

그녀의 이름은 김복자, 예쁜 얼굴과는 썩 어울리지 않는 이름이지만 그녀는 한 번도 자신의 이름에 대해 촌스럽다며 불평 한마디 하지 않았다. 되레 이름자에 복福 자가 들어있어 행복하다며 개의치 않았다. '친절한 복자 씨'로 열심히 살아온 그녀의 삶이 아름답다고 생각했다.

긍정적인 사고思考와 매사에 똑 부러지는 일 처리로 모든 사람으로부터 인정을 받기까지 살갑게 대인관계를 맺어온 그녀의 지인들이 이날 저녁 갤러리에 다 모였다.

행사의 대미를 장식하는 테이프 커팅을 위해 지인 중에서도 이름깨나 있는 분들이 일렬로 늘어섰다. 그 속에 유독 빨간 원피스를 입고 화사한 미소를 연발하고 서 있는 그녀의 모습이 마치 붉은 목단 같다는 생각이 들었다. 목단은 '부귀' '행복한 결혼'이라는 꽃말을 가졌다.

바쁘게, 열심히 함께 어울려 살아온 인생이기에 빛난 첫 개인전이었다.

맹목적인 사랑, 참다운 사랑

-『젊은 베르테르의 슬픔』을 읽고

온갖 꽃들이 흐드러지게 피는 4월은 정말 아름다운 계절일까. 하 많은 꽃들이 너무 아름다워 눈이 짓무를 정도이다.

십 년째 살고 있는 아파트 앞 북천北川에는 봄이면 벚꽃을 구경하기 위해 찾는 이가 많다. 족히 4km나 되는 둑방길 풍광을 보고 있노라면 입이 저절로 벌어질 지경이다. 어느 휴일 볕살 좋은 날 벤치에 앉아 책을 읽는다면 고전과 명작일 것이고, 이즈음은 「젊은 베르테르의 슬픔」이 제격일 터.

생명의 등불을 밝혀 드는 봄이면 유난히 생각나는 노래가 시인 박목월의 「4월의 노래」다. 첫 구절은 '목련꽃 그늘 아래서 베르테르의 편질 읽노라….'로 시작한다.

실연의 고통을 이겨내지 못하고 자살로 짧은 생을 마감한 청년 이야기, 「젊은 베르테르의 슬픔」은 괴테(1749~1832)가 25세에 발표한 작품으로, 괴테를 일약 세계적 베스트셀러 작가 반열에 올려놓았다. 7주 만에 영혼의 심전도를 기록하듯 써 내려간 개인적인 체험을 바탕으로 쓰인 서간체 소설로 모두 82편의 편지로 구성돼 있다. 괴테는 약혼자가 있는 여성을 좋아했던 자신의 아픈 경험과 유부녀를 사랑했던 친구의 자살 사건을 문학작품으로 승화시켰다.

베츨라어에서 법관 시보로 근무하던 괴테는 친구인 케스트너의 약혼녀 샤를로테 부프를 사랑하지만, 우정 이상의 감정을 보여주지 않는 그녀에게 소설에서처럼 편지를 남기고 고향 프랑크푸르트로 되돌아온다.

소설에서 괴테가 사랑한 여인 샤를로테는 16세의 아름다운 소녀로, 이미 약혼자가 있었다. 어느 날, 베르테르가 로테를 양팔로 가슴에 꼭 끌어안은 채 입술에 격렬한 키스를 퍼붓자 로테가 베르테르의 가슴을 밀쳐내며 고결한 감정이 묻어나는 목소리로 "이게 우리의 마지막이에요! 이제 나를 두 번 다시 볼 수 없을 거예요."라고 말한다. 베르테르는 "작별 인사만이라도 해달라."고 잠긴 문 앞에서 애원하고 기다려보지만 소용이 없었다. 결국, 베르테르는 아이러니하게도 로테의 약혼자 알베르토에게서 빌려온 권총으로 자정에 자살을 결행하고 다음 날 낮 열두 시 정각에 끝내 숨을 거둔다.

자살로 귀결된 베르테르의 사랑이 '참사랑'인가 반문해본다. 아무리 애틋하고 절절한 사랑일지라도 자살로 생을 마감한 사랑이 주는 가장 큰 교훈은 죽을 만큼 힘들어도 절대로 삶을 포기하지 말아야 한다는 것이다.

수필가 윤재천은 "참다운 사랑이라면 많은 인내가 필요하다. 그 인내가 동반되지 않은 사랑은 단순한 자기 위안의 방편일 뿐, 본질적 의미에서의 사랑의 실천은 아니다."라고 말했다. '인내'는 '기다림'을 전제로 한다. 기다리지 못하고 핏빛 동백꽃 잎처럼 떨어진 생은 그저 맹목적인 사랑의 흔적일 뿐인 것을. 애초에 기다려줄 수 없는 사랑을 구가한 사내의 짝사랑은 가지 않은 길을 향한 미련의 흔적이다. 그것은 형벌일 수도 있다. 사람들은 가슴에 주홍글씨를 새기면서도 사랑을 놓지 않고 산다. 허나 그것은 부끄러운 것이 아니다. 진짜 부끄러운 것은 가슴을 달구었던 사랑을 흔적도 없이 망각하는 잔인함일 터, 샤를로테를 향한 베르테르의 격렬한 키스, 그 정열은 빼앗기 위한 몸부림이 아니라 기다림에 지친 갈증 같은 것은 아니었을까?

정열이라, 불현듯 이루어질 수 없는 애틋한 사랑, '아벨라르'와 '엘로이즈'가 나눈 사랑의 편지를 생각해본다. 사제와 수녀 사이라는 점에서 주목되는 글로 12세기 프랑스 수필 문학의 대표작으로 꼽힌다. 스승과 제자의 인연으로 만나 현실에서 이루어질 수 없는 사랑을 정신적으로 승화시켰으며 사후에 비로소 합장했다. 아벨라르가 엘로이즈를 사랑했다는 죗값으로 남자의 상징인 성기를 예리한 칼로 잘리었다는 점은 베르테르의 자살과는 사뭇 다르다. 아벨라르가 사랑이라는 생명력을 고통 속에서 순결하게 지킴으로써 수많은 사람의 감동과 동정을 불러일으켰다면, 베르테르는 모방 자살 신드롬을 일으키며 깊은 상처만을 남겼다.

대문호 톨스토이는 "큰 행복은 단 한 사람이라도 지극히 사랑하는 것, 참사랑은 사랑하는 사람의 행복을 위해서 그와의 관계를 끊을 만한 각오가 되어 있어야 한다."고 말했다. 참다운 사랑엔 그만한 무게와 부피의 아픔이 따르고, 아픔을 통해 더욱 견고해진다.

누군가는 말한다. 사랑은 오직 사랑이 목적이어야 한다. 목적을 바라보고 행해지는 사랑은 본연의 체취와 빛깔을 상실하거나, 사랑을 빙자한 사기행각에 불과하다고. 순결은 너를 위한 지고의 목적이며, 고통과 희생은 나만의 사랑의 방법이다. 정말 사랑하는 것은 사랑을 받느니보다 행복은 한 걸까.

나에게도 숨 막힐 정도의 열정 가득한 사랑이 있었던가.

드문드문 벅차오르는 감정과 억제할 수 없는 그리움에 밤을 하얗게 새며 써 내려간 그 많던 편지는 지금 남아있지 않지만 애틋함에 가슴 아렸던 기억은 어찌 없을까.

아내와의 인연은 편지로부터 시작됐다.

20대 후반, 지인의 소개로 옛 교육청 옆 레스토랑에서 아내와 처음 만났다. 비록 실내조명은 어두웠지만, 바바리코트에 허리까지 내려온 생머리, 깔끔하니 작은 얼굴은 지금도 기억에 또렷하다.

그날 밤, 첫 만남에 나는 진심 어린 마음을 담아 장문의 글을 써서 신새벽 우체통에 넣었다. 예기치 않은 편지를 받아들었을 때의 놀라움에 겨운 모습을 떠올리면서 말이다. 그 당시 곧장 집으로 돌아와 편지를 쓰지 않았다면 우리의 인연은 어찌 되었을까 가끔 생각해본다. 그 뒤로도 나의 편지 공세는 이어졌고, 답장은 없었지만 그래도 기뻤다. 나의 세레나데였다.

사랑을 주제로 한 작품 대부분이 비극으로 끝나는 것은 그것이 변화난측變化難測하기 때문이다. 하여 사랑엔 승패가 없다고 생각한다. 이루어진 사랑이 이루어지지 않은 사랑보다 아름다운 것이라고 말할 수 없는 것은 이 때문이다. 사랑은 삶을 싱싱하게 만드는 묘한 힘을 가지고 있지만, 많은 아픔도 동반한다. 인간을 나약하게 만들기도 하지만 긴 안목으로 보면 강하게 만든다. 나이가 들면 정情으로 산다는 것 역시 결국 일말의 사랑이 남아있기 때문에 가능한 일이다. 사랑, 그것은 진정 주는 걸까 받는 걸까.

인연이 만든 또 하나의 작품

- 이정희 수필집 『어디서 무엇이 되어』를 읽고

세상에 사연 없는 인연은 없다. 이별에 앞서 만남이 이뤄지고 사랑과 아픔이 동반돼 추억과 고통을 낳는다. 무릇 사람들은 아름다운 사랑과 그리운 추억을 꿈꾸지만 때로는 눈물과 회한으로 길고 긴 시간을 감내하며 살아가기도 한다. 청마 유치환이 북만으로 돌아가기 위해 눈이 펑펑 내리던 날 기차역에 나왔을 때 포켓에 꽂힌 만년필 한 자루를 쥐여준 김소운은 "내가 입은 외투 한 벌을 입혀 보낸 기분이었다."고 회고했다. 나는 이런 인연과 이별과 사랑을 곱게 생각해왔다.

2019년 6월 대전 계룡스파텔에서 열린 한국수필 심포지엄과 함께 열린 시상식에 신인상 수상자 자격으로 행사에 참석했다. 갓 문단에 입문하는 설렘을 안고 찾아간 날 올해 '한국수필문학상'을 수상하는 기라성 같은 선배 문인의 수상 모습을 가까이서 보는 것은 특별한 은혜였다.

이정희 수필가는 이날 두 번째 수필집 『어디서 무엇이 되어』로 올해 '한국수필문학상(제38회)'을 수상했다. 단아한 모습의 작가를 처음 뵈었다. 깔밋한 차림새에 또렷하고 묵직한 음성으로 수상소감을 읽어 내려가던 모습이 아직도 눈에 선하다.

마침 이날 심포지엄은 '사회 참여적 수필 쓰기의 문학성과 한계'란 주제로 문학평론가 강돈묵 정순진 교수가 주제발표를 했다. 공교롭게도 수상자가 추구하는 작가정신과 상통하는 면이 있었다.

작가는 수상소감에서 "서정적인 수필보다는 우리 사회가 겪고 있는 갖가지 문제에 관해 쓰고 싶다."고 밝혔다. 그날 용기를 내어 인사를 드리고 연락처를 건네받을 수 있었다. 뒤이어 일주일쯤 지나서 우편으로 수상집을 받았다. 작가의 따뜻한 호의가 잔잔하게 여울져왔다.

수상 작품집은 271쪽 볼륨에 글 54편 전체 5부로 구성돼 있다. 이 책이 다른 수필집과 차별화되는 점은 책의 제목이다. 김광섭 시인(1913~1947)의 자작시 「저녁에」는 가수 유심초가 불렀던 가요 〈어디서 무엇이 되어 다시 만나랴〉를 연상케 한다. 어디 이뿐이랴. 시인이 노래한 절창 한 구절에서 제목을 붙인 수화樹話 김환기(1913~1947) 화가의 작품 〈어디서 무엇이 되어 다시 만나랴〉는 200호가 넘는 대형 화폭에 점들로 가득한 전면점화全面點畵다. 이처럼 시인과 화가의 인연은 예술이라는 만남을 통해 각자의 작품세계에서 대표작으로 꽃을 피웠다.

한국수필문학상을 심사한 심사위원들은 선정 이유에서 "세상을 관조하고 의미를 천착하는 남다른 시각을 가졌다."면서 "이성과 지혜로 묶인 깊은 성찰의 세계로 세상과 겸허히 마주 서고 있는 작가의 차분한 목소리는 지성의 표피를 여는 정겨움이 흐른다."고 평했다.

내가 이 책을 읽으면서 유독 오래도록 마음에 두고 고민을 거듭한 것은 '글쓰기란 무엇인가? 어떠한 글을 써야 하는가?'에 관한 물음이었다. 작가는 사회 참여적 수필에 대해 표명했는데 이는 앞으로의 수필 문학이 나아가야 할 방향에 대한 답이기도 하다.

작가는 수필 「이미지 광고처럼」에서 "위트나 유머, 풍자를 통해 말하고 싶은 것을 재미있게 효과적으로 전하고 싶다. 사유와 성찰의 글일지라도 읽고 난 후 독자의 입가에 웃음 한 모금 머물게 하는 그런 글을 쓰고 싶다."고 적었다.

사회 참여적 글쓰기에 관심을 보인 작가는 우리 사회가 겪고 있는 여러 가지 사회문제에 관해 이야기를 하고 있다. 「시니어패스」에서는 고령화 사회에서 지하철 무임승차로 인한 만성 적자 문제점, 「언어의 변용」에서는 신조어와 우리말 고유의 가치 상실, 「위장과 변장」에서는 디지털과 의료기술의 발달로 인한 인간 본연의 참모습과 개성 상실, 「희미한 옛사랑의 그림자」에서는 아파트 경비원의 고용 문제를 건드리며 안타까운 심정을 털어놨다.

제2부는 '다사로웠던 날들'이란 제하로 모두 13편의 글을 모았다. 그중 「'아' 다르고 '어' 달라」 작품의 경우 전라도와 경상도의 상반된 말투와 어휘, 말하는 방식으로 빚어진 일화를 통해 '우리의 말'이 가진 한 단면을 잘 설명하고 있어 눈에 띈다. 특히 이 글은 수필집에서 유머가 묻어나는 유일한 글이다.

제3부 '심리적 초상'에 올린 작품에서는 영화, 사진, 미술 등 예술에 대한 작가의 웅숭깊은 소양을 들여다볼 수 있어 이색적이다. 서정적인 수필에서 한참 벗어난 이 같은 글쓰기는 작가가 그동안 어떻게 수필을 써

야 하는지를 대해 많이 고민해왔는지를 미루어 짐작이 가는 대목이다.

제4부 '치열한 삶의 흔적'에서는 빈센트 반 고흐(1853~1890, 화가), 브레히트(1898~1956, 극작가), 푸시킨(1799~1837, 시인), 막심 고리키(1868~1936, 소설가) 모두 6명 작가들의 박물관을 찾아 처절했던 생전 작품활동에 대한 면면들을 소상히 소개하고 있다. 기행문으로 대문호의 생애를 조명하는 데 손색이 없다. 이즈음 되면 독어독문과를 전공한 작가의 약력이 허투루 보이지 않는다. 다양한 제재에서 걸러낸 일관된 작업과 관련 자료조사에 많은 시간을 할애했을 수고로움에 그저 놀라울 따름이다.

나는 이 수필집에서 제5부에 실린 「바람. 바람. 바람」이라는 글을 특히 좋아한다. 장차 앞으로 내가 수필을 쓰고자 함에 있어 길라잡이로 삼고자 한다. 자연의 바람[風], 나이 들어 늦게 난 호기의 바람[誘], 앞으로 어떤 글을 쓸 것인가에 대한 각오의 바람[願]에 대해 액자 형식을 빌어 쓴 글이다.

이 책은 나에게 지적 영역의 확대에 대한 필요성을 일깨워 주었다. 프랑스의 비평가 알바레스 교수는 수필은 지성을 바탕으로 한 정서적, 환상적 이미지의 문학이라고 정의했다. '일상의 삶'을 조명하는 글쓰기가 갖는 단명을 극복하기 위해서는 폭넓은 독서와 여행, 이웃과 사회에 대한 문제에 대한 깊은 해찰을 해야 한다고 다그치고 있다. 모름지기 수필은 체험의 기록을 넘어서 서사와 서정을 깊은 사유로 무르익게 하여 독자의 공감과 감동을 열 때 좋은 작품이 될 수 있다.

지금까지 내가 써온 글들은 어떠했는가 반성하지 않을 수 없다. 앞으로 쓰는 나의 글이 읽는 이에게 조금이나마 희망과 위로가 되기를 소망한다. 그러기 위해서는 무심히 지나쳐버린 사물에도, 스쳐 지나가는 인연에도 다시 되돌아보고 성찰하는 기회가 많아져야 하겠다. 이 사회에 겨자씨만 한 보탬이라도 되도록 독자의 마음에 정신적 그린벨트를 만들어 주는 수필을 써야겠다는 각오를 다진다.

도예가 부부

따스한 3월 하순 같은 날씨다. 집에서 유유자적하고 있기에는 갑갑증을 느껴 거지반 읽던 책을 덮고 나왔다. 책은 네덜란드 화가 요하네스 베르메르의 그림 '진주 귀고리 소녀'를 동명으로 한 트레이시 슈발리에의 소설이다. 겨우내 둥지에만 있던 작은 새가 호기심 가득한 세상 속으로 날아오르듯 차를 몰고 찾아간 곳은 근교의 한 카페다. 그곳에는 커다란 두 눈을 가진 소설 속 주인공 그리트가 있을까?

카페는 며칠 전부터 지인이 첫 개인전을 열고 있는 '갤러리-포플러나무 아래', 지극히 시詩적인 곳이다. 봄이 왔음을 알리듯 졸졸 물 흐르는 소리가 청아하다. 볕 따스한 오후, 카페 안은 커피를 즐기는 사람들로 빈

자리가 없었다. 가게 앞 정원에서 갤러리 대표와 얘기를 나누던 도예가 K와 가볍게 악수를 하며 안부를 묻고 답했다.

그는 나와는 동갑내기이다. 하지만 이것은 숫자에 불과하다. 외모에서 풍기는 아우라는 전혀 그렇지 않다. 도예가인 그는 수염을 길러 산속에 사는 자연인을 연상케 했고, 나는 십 년은 족히 어려 보였다. 이야기를 나누다 보면 생뚱맞다는 생각마저 든다. 그동안 가끔 이런저런 행사장에서 간헐적으로 만났을 뿐 여유를 갖고 앉아서 소곤소곤 세상사 살아가는 얘기를 나눈 적은 없었다.

클래식 음악이 잔잔히 흘러나오는 실내에서 K와 마주 앉았다. 부부가 함께 도자기를 한다 해서 '부부 도예'라는 간판을 걸고 생활하고 있다. 둥글 넓적한 얼굴도 닮았고, 만면에 미소를 머금은 여유도 닮은 그들은 천상 부부다. 하지만 그들에게도 추억하고 싶지 않은 기억이 있다. 몇 해 전 생활공간이자 작품을 하던 공방에 화재가 발생한 적이 있었다. 그는 화재로 많은 작품을 포클레인으로 쓰레기처럼 내다 버려야 했다고 착잡했던 당시를 기억했다. 족히 삼십여 년을 빚어온 작품이 아니었던가. 수염에 가려진 피부가 밀려오는 애련함에 경련이 인다.

“정말이지 그때를 생각하면 암담하지요. 주위 분들이 자주 찾아와주지 않았다면 재기하지 못했을 겁니다. 우린 무엇이든지 해야 했어요.”

옆에서 조용히 앉아 있던 아내가 말했다.

“도자기에 바르는 유약에 대한 레시피를 적어놓은 메모는 물론 틈틈이 적어놓은 그 많은 메모가 전부 불에 타 없어진 게 너무나 가슴이 아프던지….”

K가 말했다. 기회가 된다면 자서전을 꼭 쓰고 싶다던 그였다. 생활 틈틈이 낙서처럼 끼적이던 그 많은 삶의 흔적들을 어떻게 다시 찾을 수 있을까. 그때그때 생각나던 사고의 편린들, 지금은 사라진 기억으로 남아 있을 뿐이다.

예전에 비하면 부쩍 살이 오른 체구가 그리 보기 싫지만은 않았다. 화재로 잃은 것도 있겠지만, 세상을 살아가는 또 다른 지혜를 얻은 여유로움은 어디에서 비롯된 것일까 일순 궁금했다. 인디언의 속담에 ‘눈물을 흘려 본 적이 없으면 영혼의 무지개는 뜨지 않는다.’는 말이 있다. 고진감래 끝에 이들 부부가 찾은 또 하나의 삶의 모습은 ‘여유’ 그것이 아니었나 싶다. 함께 나들이를 자주 한다는 말이 새삼스럽다.

두 번의 개인전을 가진 경험과 공모전 수상 경력이 다수 있는 K는 올해 작품전을 계획하고 있다고 귀띔

한다. 미협에서 함께 활동하는 갤러리 대표인 선배는 특별전을 갖자고 하지만 그리 마뜩잖아하는 눈치다. 아무래도 그림전과는 달리 도자기는 넉넉한 전시공간이 있어야 하는 특수성 때문에 이곳 갤러리는 비좁다는 게 이유다. 미상불 화재 이후 처음 갖는 전시회이니만큼 남다른 포부가 있으리라는 생각을 하게 한다. 큰 일을 한 번 경험한 이들이 갖는 신중함과 철저한 준비는 일반인들에게는 생경함 그 자체다.

불과 얼마 전만 해도 찬 바람이 불던 이곳도 어느새 봄이 찾아오는 중이다. '순둥이' 개는 목줄이 묶인 채 볕에 노곤한 듯 눈을 슴벅거리며 제 주인만 바라본다. 하늘의 새털구름은 언제 미세먼지가 있었느냐고 반문한다. 시멘트 도로를 달리던 차는 오르막이 끝나는 지점에 자리한 갤러리로 급하게 핸들을 꺾으며 주차한다. 한적하던 '무인카페-포플러나무 아래'가 요즈음 호사를 누리고 있다.

2018년 문을 연 이곳에서는 매달 전시회를 개최해 오고 있다. 작품도 다양하다. 일전에 내가 처음 이곳에 들렀을 때는 목공예 전시가 열리고 있었다. 작가는 보이지 않고 길 가던 나그네만 잠깐 들러 커피 한 잔 값으로 2천 원을 돈 통에 넣고 잠시 쉬었다 갈 뿐이다.

이곳에서 첫 전시회를 갖는 지인의 개인전은 주목

을 받았다. 전시장을 지키며 찾아오는 나그네를 반갑게 맞이하는 덕에 연일 많은 사람들이 찾고 있어 갤러리에도 봄이 빨리 왔다. 그들 도예가 부부도 두 번째 걸음을 했다. 하지만 내비게이션의 도움을 받아야 올 수 있는 이곳은 그리 접근성이 좋은 편은 아니다. 소셜 네트워킹을 통해서 소식을 접한 이들이 축하차 찾아오는 소박한 전시회지만 함께 살아가는 인간미가 묻어나는 것은 덤이다.

차를 타고 저만치 멀어져가는 K 부부의 모습이 작은 점으로 사라져간다. 누군가 찾아와 주지 않았으면 어둠의 긴 터널 속에서 빨리 헤어나지 못했을 거라는 말이 메아리로 남는다. 나에게도 저들과 같은 시련이 닥친다면 과연 극복할 수 있을까 하는 질문이 못내 두렵기만 하다. 불이 났을 때 찾아보지 못한 미안함이 두고두고 후회가 되는데 '일간 한번 다녀가'라는 말이 그저 고마울 따름이다.

못다 부른 그리움

- 최원현의 『어떤 숲의 전설』을 읽고

무릇 글은 읽는 이가 공감할 때 빛이 난다. 공감을 한다는 것은 '거리 두기'가 아니라 마치 그것이 '나의 것'인 양 촉촉이 가슴에 와닿아야 한다는 뜻일 게다. 그러기 위해서는 겪었을 일을 쉽게 써야 하나 결코 가볍지 않아야 한다. 여기 그런 책이 있다.

늘샘 수필가 최원현의 스무 번째 수필집 『어떤 숲의 전설』은 2010년대를 보내며 2019년 연말 펴낸 책이다. 2020년 3월 한국문화예술위원회 주관 '2019 아르코 문학나눔 도서'로 선정됐다. "같은 길을 걸어가고 있는 후배들에게 열심히 하는 모습이라도 보여줘야겠다는 생각에서 펴낸다." 그는 종심從心의 나이이다.

내가 이 책을 손에 쥐고 줄창 읽어 내려간 데는 작가와의 특별한 인연이 있기 때문이다. 《한국수필》로 등단했을 때 어쭙잖은 나의 글을 뽑아준 일이다. 당시 선정된 두 편의 글은 돌아가신 아버지와 장인에 대한 회고다. 해서 난 이 책에서 유독히 수필 「그 시계, 그 사람」을 좋아한다. 글을 읽고 있으면 장인의 유일한 유품인 70년대 롤렉스 시계가 생각난다. 소읍에서 목재상을 하며 토호土豪로 사셨던 분, 부도로 가세가 기울어져도 꼿꼿함만은 잃지 않으셨던 그 성정을 어찌 잊을까. 마흔아홉에 돌아가신 아버지를 대신해 의지했던 분이다. 나의 아버지도 고등학교 땐가 시계를 선물을 한 적이 있었지, 아마.

이 책은 '어머니'에 대한 그리움으로 가득하다. 나아가 영원한 노스탤지어 같은 회고의 향수를 떠올리게 한다. 작가에겐 외할머니, 큰이모와 작은이모도 어머니와 다르지 않다. 나이 들면 들수록 피어나는 어머니에 대한 그리움은 수필 「부치지 못한 편지」 「가슴속으로 피는 꽃」에 오롯이 담겨있다. 석류를 엄청 좋아했던 어머니에 대한 절절함은 가슴을 짙은 홍색으로 물들게 했다.

당신은 가슴속에서만 천둥소리 같은 부르짖음으로

> 불러졌고 그 소리에 내 안에서 피어나는 꽃이 되었고 그건 또 내 목숨의 꽃등으로 늘 내 삶의 순간순간에 잡히지 않는 그리움의 꽃등으로 늘 내 삶의 순간순간에 잡히지 않는 그리움이 되어 나를 어리게 만들었습니다.
>
> – 수필 「부치지 못한 편지」 중

누구랄 것도 없이 힘들어도 외로워도 기쁘거나 즐거워도 먼저 생각나는 것이 어머니요 고향인 것을 어떡하랴. 나 역시 열일곱에 아버지를 여의었으니 이 같은 절절함이 생경스럽지 않다.

작가는 돌배기와 세 살 때 아버지와 어머니가 각기 스무아홉의 나이로 작고한 남다른 가족사를 갖고 있다. 조실부모한 그는 어쩔 수 없이 중학교때까지 외할머니와 함께 살았다. 의지할 수 있는 존재요 힘은 비단 외할머니뿐 아니다. 막내이모는 그를 어머니 대신 업어 키우며 초등학교 입학하는 해가 돼서야 시집을 갔다. 말년에 치매로 요양병원에서 돌아가시기까지 온전히 '어머니'로 의지했던 분. 이들 모두는 '어머니의 끈'이다. 그들 모두가 한결같이 한 말은 "잘 살아라."였다.

작가는 조실부모한 탓에 비교적 이른 나이에 결혼했다. 결혼식을 올리던 날 외할아버지를 여의고 신혼

여행 대신 5일간 상주喪主가 되어 장례식장에서 보냈다. 지금은 아들과 딸이 결혼해 모두 다섯 명의 손주가 생겼으며, 서울 강남의 재건축한 새 아파트에서 11명의 대가족을 이루며 30년째 살아가고 있다. 그에게 가족은 '서로 기대어' 살아가는 의지요 행복이다. 가족이란 쉽게 파괴되거나 망각될 수 있는 존재가 아님을 어떡하랴. 그는 아내에게 기대고 아들딸들에게 기대고 손녀들에게도 기대며, 매 주일이면 함께 교회를 찾아 어떤 큰 힘의 은혜로움에 감사한다. 그렇게 살아가고 있다.

작가는 독실한 기독교인이다.

지금까지 수필집만도 20권을 낸 것을 '사랑의 빚'이었다고 말한다. 허락되고 주어진 어느 것 하나도 귀하지 않은 것이 없었고 그래서 더욱 과분한 것들이라고 감사하는 마음을 가진 천상 크리스천이다. 이러한 그의 독실한 신앙심은 글 곳곳에서 어렵잖게 읽을 수 있다.

> 나의 인생은 신의 도화지였고 그분이 그린 그림이었다. 그 그림 속에서조차 온갖 도움을 받으며 살았다. 그렇게 오늘에 이르렀고 비로소 여기에 서 있다.
>
> – 수필 「부끄러움」 중

특히 어려움 속에서 아내와 자식들을 건사하며 살아낼 수 있었던 것은 9할이 '사랑의 빛'이었다고 담담히 고백한다. 산 게 아니라 살아진 것이라고.

그의 수필에는 따듯함이 묻어난다.

그는 수필에 대해 '한없이 작은 나를 아름답고 향기나는 존재'로 세워주었다고 회고한다. 작은 그늘에서 '쉼'도 '위로'도 얻었다고 하니 안식처가 아닐 수 없다. 제 힘으로 살아야 할 때의 간난艱難을 감당케 해 준 것이다. 정년을 4년 남기고 명예퇴직 후 문학 강좌 등 여러 일을 하며 수필가로 명망을 쌓아가고 있다.

그는 적당히 풍겨나는 향기, 있는 둥 없는 둥 하는데도 살짝 스며드는 싫지 않은 냄새, 그런 자연향 같은 수필을 쓰고 싶다고 한다. "내 수필들은 내 삶 속에 스며있던 내 냄새이고 내 발자국이고 내 소리일 것이다."

수필은 진정성을 토대로 한 문학이다. 독자의 마음에 가닿는 글을 쓰려면 나를 더 자주 돌아보고 반성하며 내면의 소리에 귀를 기울여야겠다. 앞으로 어떤 글을 쓰겠다는 생각보다 어떻게 살아야 할지를 더 많이 고민해야겠다.

자기만의 색깔의 글을 쓰고 싶다면 보고, 듣고, 느끼

고, 생각하는 것이 남과 달라야 한다는 어느 수필가의 조언을 다시금 아로새겨 담는다. 자신을 성찰하며 상처 입은 영혼을 치유하는 글을 쓰고자 함이다.

꿈을 마시며

커피믹스 특유의 달달함을 좋아한다.

휴일 이른 아침에 마시는 한 잔은 특별한 맛이 있다. 자유와 시간적인 여유가 아니면 음미할 수 없는 그런 맛이다. 누군가 혼자 마시는 차茶를 '이속離俗'이라 했거늘, 이는 홀로 마시면 신령스럽다는 말과 궤를 같이 한다.

상주예술촌에 얼마 전 나만의 공간을 마련했다. 교실 반 크기다. 폐교된 초등학교를 리모델링해서 여러 명의 작가(대부분이 화가다)가 작업실로 사용하고 있다. 장마가 시작되던 그날도 찾았다.

전날 내린 비로 공기는 습하다. 작업실에서 바라다본 밖은 어두운 구름이 저 멀리 산마루에 걸터앉았다.

금세 굵은 빗방울을 쏟아낼 기세다. 나는 적요 속에 한 점의 정물이 되어 앉아있다. 이 고즈넉한 여유를 만끽하기로 하고 프림과 설탕이 황금비율로 혼합된 커피믹스를 종이컵에 쏟고, 물이 충분히 끓고 난 후 뜨거운 김이 나가기를 기다려 컵에 반쯤 쏟아붓는다. 비가 내릴 때 마셔야 제맛이다.

며칠 전, 모닝커피를 특별한 곳에서 마신 일이 있다.

이른 아침, 눈곱만 떼고 허겁지겁 집을 나섰다. 버스터미널 부근 해장국집에서 만나기로 한 것을 깜박했다. 알람을 해놓지 않았다면 깊은 단잠에 빠졌을 것이다. 참말로 오랜만의 만남이라 설렜다.

이미 식당에는 K가 와 있었다. 컵에 물을 따르면서 안부를 나눌 때쯤 L 시인이 멋쩍게 들어오며 수인사를 건넨다. 예전 같으면 빈 테이블이 없었을 테지만, 요즘은 신종 코로나바이러스 감염증(코로나19)으로 한산하기만 하다. 칠순이 넘은 주인장의 얼굴에 미소가 없다. 구슬 크기만 하게 빚은 찹쌀을 황태 국물에 넣고 끓인 '새알 황탯국'이 이 가게의 별미다. 좁은 식당 안에 뭉근히 퍼지는 황태 내가 정겹다.

입이 짧고 마른 체구의 L 시인은 애연가로 커피믹스를 즐긴다. 밥은 뚜껑도 열지 않은 채 국물만 홀짝

하니 먹고선 끽연을 위해 밖으로 나갔다. 잽싸게 음식값을 치른 K가 모닝커피 한잔하자며 안내해 간 곳은 신라 시대 고찰 남장사南長寺 약수터다. 시내에서 불과 십 분만 벗어나도 삶에 여백이 생긴다. 아침 공기가 상쾌하다.

잿빛 하늘이 해를 감춰서일까, 푸르디푸른 6월의 숲이 본래의 색을 상실한 채 고즈넉이 정지해있다. 시내를 벗어난 차는 25번 국도를 달리다 이내 한적한 길로 접어들기를 잠깐, 차를 약수터 앞에 정차했다. 오전 8시면 녹음 사이로 빛이 들고 산새 소리가 청아하게 들리건만, 인적이 드문 계곡에 텐트만이 여럿 보인다. 누구 하나 일찍 일어나 아침을 하지 않는다. 졸졸 물소리에 잠을 설쳐 여태 곤하게 잠을 청하고 있으리라. 숲에 평온이 여전하다. 자연은 오래된 경전經典이라 하지 않던가. 자연에서 인간이 살아가는 삶의 근원을 읽는다.

'커피자판기도 없는 이런 곳에서 어떻게 커피를 마신다는 걸까.'

K의 종잡을 수 없는 행동이 그저 의아할 뿐이다. 약수터 옆 빈터에 7인용 크기의 텐트가 하나 있다. K는 한 치의 주저함도 없이 제집 드나들듯 안으로 들어가서는 버너와 냄비, 종이컵을 꺼내왔다. 어젯밤

여기서 잤단 말인가. 빗물에 튄 흙이 텐트에 건조하게 묻어있다.

"아니, 이런 곳에 별장을 지어놨네."

지난 주말에 가족들과 하룻밤 유숙했다는 이야기를 그제야 들었다. 아이들이 캠핑을 좋아해서 여름이면 자주 하는 생활이란다. 경북 청송이 고향인 K는 초등학교 교사로 중학생 딸과 초등학생 아들을 뒀다. 아이들의 소박한 꿈을 위해 온전히 하룻밤을 산속에서 함께 지내는 가장의 모습이 자애롭다고 생각했다. 안온한 집을 놔두고 웬 풍찬노숙風餐露宿이냐고 했더니, 온전히 캠핑을 좋아하는 아이들 때문이란다.

숲에 시선을 둔 지 얼마쯤 뒤, K가 뜨거운 종이컵을 건넨다. 김이 모락모락 피어나는 커피 한 잔의 온기가 손바닥부터 서서히 심장 쪽으로 전이되어 온다. 그 느낌을 조용히 감지하며 천천히 마신다. 서둘러 급하게 마시면 목으로 넘어가기도 전에 혀끝을 야단스럽게 자극하고, 향기도 온기도 느낄 새 없이 바삐 마시고 난 종이컵의 밑바닥엔 진한 갈색의 앙금이 더께처럼 붙어있다.

졸졸졸 흐르는 물소리를 귀에 담고 고갤 들어 두 사람을 보니 커피 온기만큼이나 정겹다. 어때 커피 맛 좋지요. K의 눈빛이 하는 말에 우린 음~ 하고 깊은 풍미에 답하지 못했다.

나에겐 커피를 즐겨 마시면서 갖게 된 꿈이 하나 있다.

영덕 강구면의 바닷가에서 본 조그맣고 운치 있는 카페를 하나 갖는 일이다. 현실적으로는 생활 터전이 내륙이니 넓은 들판을 무심히 바라다볼 수 있는 곳이면 좋겠다. 새색시 치마 같은 노을이 서산마루에 펼쳐진 모습을 볼 수 있다면 바다인들 부러울까. 물론 생존이 해결되고 난 후에 생활의 질적 향상을 갈구할 즈음에나 가능한 일일 테지만 말이다.

나는 그곳에서 은은한 조명과 깊은 의자에 앉아 책을 읽다가 텃밭에 나가 푸성귀 따위를 돌보며 가끔은 상추에 된장, 풋고추와 밥 한 그릇을 둥근 알루미늄 밥상에 얹어서 가까운 벗들과 한 끼를 같이하는 기분 좋은 착각에 빠진다. 그지없이 평온한 훗날을 그려보니 힘이 생긴다. 언젠가는 이르게 될 그리운 카페를 향해서 또박또박 착실히 걸어가련다.

중독성, 그것은 커피의 또 다른 성질이다. 달콤함은 본디 꿈이 품었을 희열, 삶의 무게에 힘겨워할 때 오롯이 힘이 되어준다. 잠시나마 힘겨운 등짐을 내려놓을 수 있다면 차라리 중독될지언정 자주 손이 가는 것은 삼가야 하겠다. 과유불급過猶不及이라는 말이 있지 않은가. 꿈을 생각하며 마시는 한잔은 나름대로 묘한 맛이 있다.

아직도 못다 한 이야기

J형.

이리 오래도록 못 만날 줄 몰랐습니다. 적어도 우린 거친 물살과 가시로 뒤덮인 산야를 함께하리라 생각했습니다. 김천의 자그마한 신문사에서 만나 무일푼으로 생활정보지 신문을 함께 만들기로 한 그때를 생각하면 참으로 '짜릿'합니다. 더 이상 잃을 게 없는 내게 신세계와 같은 일이었지요. J형이 없었다면 할 수 없었던 일을 14년이나 꾸려왔습니다. 무엇이 나를 그렇게 강인하게 만들었는지 아직도 모릅니다. 밤낮을 구분하지 않고 발품 팔아 다녔던 시간이 종잣돈으로 쌓여 사무실 몸집이 커져 갈수록 J형의 빈자리가 내 삶에 힘을 실어주었다면 역설적이지 않나요?

어쩜 그리도 무정합니까.

서울로 올라간 뒤로 난 몇 번 J형을 만나러 간 적이 있습니다. 그 넓은 서울 하늘 아래 형이 있을 곳은 그곳뿐인데, 만나지 못하고 돌아오는 길은 천근만근이었지요. 요즈음 같은 시대야 스마트폰이 반지처럼 손과 한 몸이지만 그땐 전화기마저도 연락의 도구로 쓰이지 못했으니 약속도 했습니다. 바빠서 바삐 사셨는지 몰라도 한동안 연락이 안 돼 서운하다 못해 밉기까지 하더군요.

지금 와 생각하면 함께한 시간은 있었지만 꽃다운 시간이 없었습니다. '가진 건 없었지만 우린 행복했노라'던 관용구마저도 다른 사람의 일처럼 말입니다. 기껏해야 형의 자취방 밖에서 기다리다 함께 출근하던 김천에서의 몇 가닥 기억과 금오산 주차장에서 바라봤던 별빛 총총했던 밤하늘, 트럭 한 짐도 안 되는 사무실 집기를 나르던 일들이 새록새록 연둣빛 새싹처럼 꿈틀대며 올라옵니다.

만나면 헤어지는 게 세상사 일이고, 몸이 멀어지면 마음도 멀어지는 게 인지상정이라지만 이렇게 오랜 시간을 두고 만나지 못하니 그 모든 게 내 잘못입니다. 내 주변엔 형의 소식을 전해줄 누구도 없습니다. 이럴 줄 알았으면 그때 화집畵集을 건네주지 말았어야 했습니다. 형을 위해 샀던 화집이 내겐 유일한 추억의 끈이었습니다.

지금쯤 형도 나처럼 머리에 새치가 눈처럼 내려앉았겠지요. '늙어 가는 게 아니라 익어가는 인생'이 되시길. 그땐 참 죄송했습니다.

어린 조카가 유치원에 처음 가던 그때 일 기억합니까. 엄마와 늘 함께하던 아이가 낯선 아이들과 어울려 생활할 수 있을까 염려했던 일이 현실이 됐을 때의 당혹감을 생각하면 그저 웃음이 납니다. 글쎄, 하루도 안 돼 울며 집에 가겠다고 떼를 쓰던 아이를 손잡고 돌아오면서 허허 웃기만 했지요. 지금쯤 그 애도 많이 자랐겠지요. 나를 알아보지 못하겠지요. 그 이후로 함께한 기억이 별로 없으니 말입니다.

문경새재 기념품 가게에서 형수를 뵌 적이 있습니다. 몇 번의 망설임 끝에 찾아보았지요. 일부러 찾아간 것은 아닙니다. 마침 취재차 간 일이 있어 반갑기도 하고, 근황도 물어보고자 해서 잠시 머물다 왔습니다. 한데 형수는 제게 안동마를 챙겨주시면서도 더 줄 게 없나 주변을 두리번거렸지요. 얼마간의 값을 치르고자 속으로 생각했지만 차마 그러질 못했습니다. 우리 사이가 그런 사이는 아니잖습니까? 그런 눈으로 나를 대하던 모습을 보았지요. 그때 태호의 이야기를 물어보지 못한 게 아직도 죄송하답니다. 장성한 태호의 모습이 어떨지 참 궁금했거든요. 우리 사이에 태호는 늘 함께하던 그림자 같은 존재였던 것 같습니다. 조카를 끔찍이도 챙겼던 형의 자애로움, 밝게 웃으면 왜 그리도 그 모습이 화사한지, 아직도 떠올려 생각해보면 대문 양지바른 곳에 활짝 핀 목단 같습니다. 나를 태호만큼이나 사랑했을까? 부질없는 질문해 봅니다.

정말이지 이젠 기억나는 게 별로 없습니다.

세월이 이리도 급하게 흐를 수 있을까를 생각하면 뒤도 돌아보면서 느긋하게 살 걸 그랬나 봅니다. 나도 내 성격을 제어하지 못하던 때가 있었습니다. 형과 만났던 20대 시절이 그랬나 봅니다. 워낙에 가진 게 없다 보니 돈 씀씀이가 인색하고, 사치라곤 모르고 살았던 때였지요. 수중에 몇 푼 들어오면 애지중지 금괴 다루듯 했으니 말입니다.

그때 우리가 여행이라도 자주 하고 맛집을 찾아 소찬을 앞에 두고 권커니 잣거니 하며 소주잔을 기울였다면 어땠을까 싶습니다. 서로서로 잘 안다고 생각하는 건 위험한 생각인 줄 몰랐습니다. 정현종 시인은 '사람과 사람 사이에는 섬'이 있다고 했지요. 뭍과 떨어져 바다 한가운데 외롭게 서 있는 섬이 그리워했을 사람들의 발길이 갖는 의미를 깨닫지 못한 우매함을 탓한들 무얼 하겠습니까.

그러고 보니 형에게 살갑게 대한 적이 별로 없는 것 같습니다. 그런 나를 믿고 곁에서 늘 챙겨줬던 형의 온정을 생각하면 그 시절로 다시 돌아가고 싶습니다. 슈퍼맨이 지구를 공전시켜 시간을 과거로 되돌리는 것이 공상과학 영화에서나 나올 법한 이야기겠지만 말입니다.

함께한 시간이 마치 소꿉놀이 같습니다.

인생의 황금기에 귀촌해서 정원을 가꾸며 사는 한 부부의 모습을 TV에서 본 적이 있습니다. 티격태격하면서도 하루의 대부분을 텃밭을 가꾸며 생활하는 모습을 그들은 소꿉놀이한다고 이야기합니다. 힘든 시기 다 견뎌내고 찾아온 인생의 어느 한 자락에서 과거를 추억하면서 꽃을 가꾸며 사는 인생은 얼마나 행복할까요. 행복은 찰나의 순간이지만, 그 느낌은 오래도록 가슴에 살아있는 잉걸불 같은 것입니다. 언제고 다시 살아나기 위해 미처 다 꺼지지 않은 작은 불씨.

며칠 새 따듯하던 겨울 날씨가 오늘 아침은 제법 쌀쌀합니다. 남은 인생에 순풍이 불기를 기원합니다. 형에게도 분명 화양연화花樣年華가 올 테니까 말입니다.

냉장고와 금고

9월의 끄트머리는 생과 사의 어느 지점 같다.

들은 누렇게 알곡이 무르익고, 푸르렀던 나무들은 초로의 모습으로 성큼 세 번째 계절을 맞이할 채비로 분주하다. 유난히 감나무가 많은 고장이라 감이 한창 노란빛을 띠기 시작할 무렵이면 하늘은 한없이 높고 구름이 멋스러움을 한껏 뽐내며 유랑한다.

이미 가을.

추석을 며칠 앞두고 작은어머니의 부음을 들었다. 아흔넷, 연세만 생각하면 살 만큼 사셨으니 호상好喪이라 할 만도 하건만, 소식을 전해 듣는 순간 안쓰러움이 파도처럼 밀려왔다. 자식을 먼저 보낸 참척慘慽을 두 차례나 겪은 인생사를 무슨 말로 위로할까. 시난고난

앓아온 세월, 적막강산 같은 방에서 멀거니 동네 어귀를 바라다보며 무심히 시간에 묻혀 혹독한 외로움과 벗하며 살아오신 삶이 눈물겹다.

"그렇게 가시는구나. 시집와서 그 형님과 고생을 가장 많이 했지. 밭일도, 겨울이면 산에 땔감도 함께 하러 다녔는데…."

소식을 전해 들은 어머니의 목소리가 나지막하게 떨렸다. 안타까움과 허허로움에 여든넷 노모는 못내 먹먹해했다. 함께한 애증의 세월을 추억하면 그저 눈물만 나는가 보다. 부음만 전해 들었을 뿐 어머니는 문상할 수 없었다.

갑작스럽게 쓰러져 시내 병원에 입원한 지 이틀째 되던 날 작은어머니의 바람으로 서울로 옮긴 지 하루 만에 영면하셨다. 코로나-19로 감염을 우려해 조문마저 철저하게 통제하던 때라 나 역시 상경하지 못하고 장지에서 하관하는 모습만 지켜보았다. 인생, 땅속에 묻히면 관념적으로만 존재하다가 그마저 시간 속으로 영원히 사라지는 것. 삼라만상의 이치도 이와 다르지 않을 거라 묵념하며 생각했다.

"글쎄 형님도 어지간하시지, 가실 날을 아셨는지 냉장고 냉동실에 넣어둔 돈을 병원에 입원하던 날 길순이(첫째 딸)한테 맡겼더란다. 만 원짜리, 오만 원짜리 구분해 비닐에 나눠서 둔 게 7백만 원이더란다."

장례식 후 며칠 뒤 어머니께서 말씀하셨다.

"서울 질부가 냉장고를 청소하다가 냉동실을 마저 정리하려고 하면 거기는 나중에 내가 하마, 손댈 것 없다 하시더란다. 근데 거기에 돈을 넣어뒀을 거라고 누가 짐작이라도 했겠어."

어머니는 작은어머니의 기발한 착상에 혀를 내둘렀다. 어머니로서도 전혀 예상하지 못한 일을 직접 듣고 보니 기가 찰 일이라고 생각하셨던 게다. 평소 예금통장과 카드를 사용해온 어머니로서도 의아스러울 수밖에. 자식들한테 푼푼이 받아온 돈을 제대로 써보지도 못하고 알뜰살뜰 모아온 것은 나중에라도 큰일을 당하면 조금이라도 자식들 부담을 덜어주고자 함은 아닐까. 그러면서도 손자들에게 용돈만큼은 아낌없이 내주셨던 뼈마디가 도드라진 손과 휘추리같이 여린 팔을 생각하면 코허리가 시려온다.

작은어머니가 냉장고에 돈을 보관해온 얘기를 듣다 보니 불현듯 유사한 일이 생각이 난다. 일전에 50대 남성이 산 중고 김치냉장고 밑바닥에서 1억 1,000만 원 현금다발을 발견해 경찰에 신고한 기사를 본 적이 있다.

사건의 대략적인 전말은 이러하다. 돈의 출처를 수

사해온 경찰은 “돈의 주인은 지난해 사망한 60대 여성”이라고 밝혔다. 이 여성은 서울에 사는 이로 보험금과 일부 재산을 처분해 마련한 5만 원 지폐 2,200장을 김치냉장고 아래 바닥에 붙여 보관해왔다. 140여 장씩 열다섯 뭉치를 비닐로 꽁꽁 묶은 뒤 서류 봉투에 담아 김치냉장고 바깥쪽 밑바닥에 테이프로 붙여 놓았다. 경찰은 “현금을 안전하게 보관하려고 여러 해 전부터 이렇게 돈을 보관한 것으로 추정된다.”고 설명했다.

결국 60대 여성은 이 돈의 존재를 가족에게 알리지 않았고, 갑작스럽게 숨졌다. 이런 사실을 알 턱이 없는 유족은 산 지 10년이 훌쩍 넘은 김치냉장고를 중고 가전 처리 업체에 넘겼다. 이후 중고 업체 5곳을 거쳤고, 제주도에 거주하는 50대 남성이 온라인을 통해 청계천 한 중고 가전 매매업체에서 샀다. 그는 김치냉장고를 청소하다 바닥에 붙어있는 서류 봉투를 발견했고, 거액의 돈다발을 확인했다. 다행히 경찰은 유실물 처리 절차에 따라 유족에게 돈을 돌려줬다는 내용이다.

어릴 적 어머니는 알량한 살림살이에 어느 날인가 목돈이 생기면 으레 장롱 이불 깊숙한 곳, 그도 아니면 바깥 양지바른 곳에 놓아둔 장독대 단지 속에 숨겨두곤 하셨다. 물론 노름에 물이 오른 아버지의 촉빠른 손을 피해 가지는 못했지만 말이다.

냉장고가 요즈음 세상에 없어서는 안 될 생활가전이 된 지도 오래다. 그 쓰임새도 당초에는 반찬이나 먹거리 따위를 넣어두는 것에 불과했지만, 지금은 다양한 기능과 실효성을 갖춰 살림살이 필수 품목으로 애용되고 있다. 누가 그 흔하디흔하고 손을 많이 타는 곳에 쌈짓돈을 놓아두었을 거라고 생각하겠는가. '등잔 밑이 어둡다'는 옛말도 있다. 가까이에 있는 것을 도리어 알아보지 못한다는 뜻이다. 보통의 사람 중 큰돈을 집 안에 보관하고 사는 이가 몇이나 될까? 털어도 먼지밖에 날 게 없는 촌부의 집이라면 더더욱 있을 리 만무하다. 여하간 냉장고는 궁색한 살림살이에는 돈이 자리할 공간을 내어주지 않는다. 변변찮은 몇 가지의 반찬과 마실 물이 있을 뿐. 간난의 삶에는 금고를 대신할 마땅한 대체재조차 별로 없다. 하여 역설적으로 냉장고만 한 금고도 없다. 종이로 둘둘 말아 검은 비닐에 넣어 냉동실에 보관하면 감쪽같이 눈속임을 할 수 있다. 단단히 언 고기쯤으로 여길 공산이 크다. 애지중지 귀한 대접을 그리 받는 것은 오로지 돈, 돈뿐이지 않을까 싶다.

당신이 가고 없는 지금 생전 사용하시던 냉장고도

그 쓰임을 다해 버려질 게 눈에 선하다. 새것도 좋겠지만 가족을 위해 아낌없이 먹거리를 내어주던 작은어머니의 냉장고를 형제자매 중 누군가 집과 함께 사용했으면 좋겠다. 금고로 사용해온 어머니의 유품이라고 생각하면 쉬 버리지 못할 것만 같다.

편두통 탈출기

참 오랫동안 앓았다. 머리 언저리를 콕콕 찌르는 이건 뭐지.

대수롭지 않게 여기다가 병원을 찾은 것은 덜컥 겁이 났기 때문이다. 어느덧 지천명을 훌쩍 넘긴 나이다 보니 이러저러한 일에 쌓여만 가는 근심으로 어느 날 갑자기 쓰러지기라도 하면 어쩌지 하는 두려움이 스멀 찾아왔다. 한 가정의 가장이면 갖는 책임감이 이리도 무거운 법이다.

신경과 진료실 앞에는 이미 환자 여럿이 순번을 기다리며 앉아 있다. 면면이 어르신뿐이다. 젊은 사람이 여긴 뭣 하러 왔느냐는 눈빛을 한 몸으로 받자니 되레 어색하기만 하다.

"신경성인 것 같은데, 어쩌시겠어요. 약을 달라 하면 약 처방을 해드릴 것이고, CT나 MRI를 할 수도 있는데…."

젊은 의사는 내 증상에 대해 별거 아니라는 소견을 말하고, 치료 방법에 대한 의중을 이리 물었다. 지난 며칠간 내가 겪은 그 많은 고통이 신경과민이 원인이라는 이야기에 허탈하기도 했지만, 안심됐다.

기왕에 걸음한 것이라 좀 더 정확한 진단을 위해 CT 검사를 요청했다. 지지난해 MRI는 종합검진에서 받은 적이 있던 터라, 그에 비하면 정확도 확률이 80% 정도 된다고 하니 일단 해보기로 한 것이다.

정확한 검사를 위해 조영제를 투여해야 하는데 그러자면 팔뚝에 주삿바늘을 꽂아야 한다기에 살짝 겁이 났다. 주사를 두려워하는 것은 소싯적과 다를 바 없다. 주먹을 쥐자 순간 찾아오는 따끔함을 느끼기까지의 찰나의 순간은 두려움이다. 누군가 옆에 있을 때는 그 두려움은 반감이 되지만 혼자일 때는 더 깊은 수렁으로 들어간다. 몸이 아플 때 더 큰 외로움을 느낀다지 않는가.

조영제가 주삿바늘을 통해 몸에 투입되자 화끈거림이 밀물처럼 덮쳐왔다. 독한 술을 오랫동안 마셨을 때의 그 불쾌한 느낌이랄까. 얼굴이 불덩이가 됐다. 생전

처음이다, 이런 경험.

"신경성, 이제부턴 잊어야 합니다."

선명하게 촬영된 머릿속 혈관을 보여주며 의사는 아무런 이상이 없으니 걱정하지 말라고 했다. 마치 내가 짊어진 보따리의 내용물이 무엇인지 안다는 듯이 태연하게.

훨훨 창공을 날아다니는 새를 부러워한 적이 있다. 솔개처럼 되도록 높디높은 창공을 나는 게 꿈이던 시절이 있었다.

아버지는 집 뒤란 대나무밭에 무시로 찾아드는 참새를 쫓기 위해 검은 그물망을 치셨는데, 곧잘 참새가 걸려들었다. 그물은 발버둥 치는 참새의 다리를 더 옭아맸다. 잡힌 참새는 구이로 누군가의 먹잇감이 됐지만, 나는 한 번도 맛을 보지는 못했다. 아침이며 짹짹거리며 날아드는 참새를 아버지와 달리 나는 좋아했다. 작은 체구의 날갯짓을 한참 골똘히 바라다보면서 하늘을 올려다봤다. 짹짹 그 소리는 지금도 내 기억 속에는 전원의 소나타로 들려온다.

아버지의 참새잡이는 그리 오래가지 못했다.

위암 진단을 받고 수술 후 집에 돌아온 아버지는 나날이 수분 없는 막대기처럼 몸이 말라갔다. 음식을 제대로 드시지 못한 탓이다. 옻이 몸에 좋다고 드셨지만 심한 가려움 증세로 고생만 하시고 별 차도가 없자 어머니는 심하게 낙심하셨다.

"내가 이러다가 니 아버지보다 먼저 가게 생겼다."

아버지의 병시중에 힘들어하시던 어머니의 탄식을 그 후로도 들은 기억이 생생하다. 하루는 아버지께서 광대뼈가 웅숭 드러난 얼굴을 물이 가득한 양동이에 처박자 어머니는 대성통곡했다. 죽을힘이 있으면 살려고 할 것이지 왜 그러느냐고. 점점 피골이 상접해가는 아버지에 대한 애처로움만큼이나 어머니의 근심도 깊어만 갔다.

아버지의 부재로 허허로운 시골살이를 접은 것은 어머니의 강단 있는 결정이 있었기 때문이다. 변변한 땅떼기 하나 없는 촌에서 오십도 안 된 아낙이 살아가기에는 꿈이 없다고 생각하셨는지 시내로 나가 살자고 그 밤 어머니는 장남인 나를 불러 앉히고 무겁게 말문을 여셨다.

어찌어찌 끌어다 모은 돈이 전세금 천만 원이 됐다.

"이거면 됐다. 살자고 하는 일 입에 거미줄 치겠나. 나도 식당에 나가 일하고 너도 벌면 금세 일어설 거다. 아프지만 말거라. 건강해야 한다."

되돌이켜 보면, 그 시절 어머니는 병원 문턱을 넘지

않으셨다. 아니, 나 몰래 병원을 찾았겠지만, 어디가 아프다고 말씀을 하신 적이 없다고 해야 맞는 말일 게다. 억척같이 일을 하셨으니 괜찮을 리가 있었겠나. 일만큼은 어디 내놔도 남에게 뒤지지 않는 분, 성실함과 부지런한 성정은 평생 지켜온 어머니의 자존심이기도 했다.

여든다섯 노모는 여태 틀니를 하지 않으셨다. 복 중의 복, 치아만큼은 튼튼하니 자랑할 만하다. 살자니 먹어야 하고, 먹자니 건강해야 한다는 게 당신의 생존 법칙이니 어련할까.

몸에 이상 신호가 오면 덜컥 겁이 나 병원을 찾는 것은 어머니가 내게 기대하는 바가 크기 때문이다. 남편 일찍 보낸 여인네의 희망과 꿈이 오롯이 내게 집중이 돼 있음을 잘 알기에 매사 건강에 신중을 기하며 일상을 보내고 있다. 아파도 아플 수 없는 그 지난至難한 시절을 보냈기에 이제야 잔병치레하는지도 모르겠다.

근심을 만병의 근원이라 한다.

물질의 풍요와 편리함이 화두가 되어버린 이 시대에 내 몸을 귀하게 대접하는 귀생貴生이 오히려 병이 될 수 있고, 내 몸을 적당히 소생시키는 섭생攝生이 생을 위해 이롭다지 않던가. 귀생사지貴生死地, 몸은 귀하게 여길수록 더욱 나빠진다는 말이다.

며칠 새 앓아온 편두통이 아무렇지 않다니 다행이다. '잊어야 한다'는 말의 의미를 곱씹는다.

마음의 빚

산야에 화려하지 않지만 소박하게 일생을 꽃 피우는 풀꽃이 많듯이 주변엔 고마운 분들도 많다.

연일 쏟아지는 뉴스를 보면 사건사고가 넘쳐나는 속에서 세상은 어찌 이리도 각박할까 염려될 정도지만, 서로 부대끼며 순리대로 세상사 돌아가는 걸 보면 그래도 정겨운 일들이 더 많은가 보다.

연말이면 전해져오는 '이름 없는 천사'의 선행은 절로 인간미가 묻어난다. 가수는 사랑은 받는 것이 아니라 주는 거라고 노래하고, 시인은 사랑을 되돌려 주는 것만 사랑하는 것은 인간의 본성이 아니라고 적는다.

시를 평생 업으로 써오신 은사님(박찬선 시인)이 한 분 계신다.

고등학교 시절 교과목을 직접 배운 적은 없지만 문학회를 지도하신 인연으로 학교 도서관과 문학회 모임에서 3년을 한솥밥 먹고 지냈다. 선생님을 따라 백일장을 기웃거리다 보니 나 역시 천상 글 쓰는 걸 업으로 하는 삶이 되었지만 한 번도 후회한 적은 없다.

행복을 찾아 결혼할 때도 기꺼이 주례를 서 주셨다. 경제적인 관념이 없던 때라 신혼여행을 하고 오고도 고맙다는 성의를 표시하지 않았으니 얼마나 철없다 그러셨을까. 이즈음에서 추억해보면 못나도 한참 못난 제자임에는 분명하다.

지역의 소규모 신문사에서 제대로 된 월급도 받지 못하다가 달랑 자본금 백만 원을 손에 쥐고 시작한 일이 '생활정보지'를 만드는 일이었다. 스물다섯 해 되던 그해 5월에 시작해 14년 가까이 운영했으니 제법 잘한 일이고 성공한 셈이다.

당시 선생님은 나와 의기투합해 생활정보지에 '상주 이야기'를 매주 연재하셨는데 독자들로부터 호응을 얻었다. 입으로 전해 내려오는 지역의 전설, 미담, 인물 등 갖가지 이야기를 기록으로 남겨보자는 의도였는데 반응이 좋아 7년여간 312편의 글을 연재할 수 있었던 건 뚝심이 없으면 안 될 일이었다.

당시로서는 가진 거 없이 시작한 사업이다 보니 선

생님께 원고료 명목으로 금전을 건넨 적이 한 번도 없었다. 명절이면 과일이나 자그마한 선물을 드린 적이 있지만, 이마저도 드문드문했으니 생각해 보면 철이 없어도 참 없었단 생각이 들어 부끄러움에 고개를 들 수가 없다. 하지만 선생님은 한 번도 내게 서운한 내색을 보이신 적이 없다.

어느 날 수학여행을 다녀왔노라며 원고를 받으러 간 직원 편으로 목재로 된 연필꽂이를 보내주셨다. 오랜 세월이 흘렀어도 내 책상의 한 자리를 차지하고 있으니 임에 대한 고마움은 잊지 않고 있단 나름의 궁색한 변명만 남았다.

내가 생활정보지 신문사를 그만둔 뒤로 선생님은 문화원의 예산을 지원받아 두 권의 '상주 이야기'를 발간하셨다. 원고료 대신 책만큼은 내 손으로 출판하겠다는 다짐이 물거품이 돼 한동안 자책하기도 했다. 글은 선생님이 쓰셨지만, 한 호도 거르지 않고 원고를 신문에 활자화했으니 나로서도 의무감을 다했다는 자부심이 있던 책이었다.

그래서였을까? 일말의 기여도가 있음에도 책 어디에도 신문사 제호와 내 이름이 기록되지 않은 것은 알량한 서운함으로 남았다. 묵묵히 오랜 시간을 원고와 씨름하며 못다 적은 빈칸을 채워오셨을 선생님의 소리 없는 땀을 생각하면 이 또한 얼마나 부질없는 원망이겠는가. 그땐 그런 감정이었다.

선생님의 첫 시집 『돌담쌓기』를 장인어른의 유품을 정리하다 본 적이 있다. 두 분 간에도 정이 오고 간 사이였으니 나와 선생님의 각별한 인연을 말해 무엇하겠는가. 남은 건 아직도 못다 한 내 성의뿐이다.

수필가로 등단했을 때 누구보다도 반겨주셨던 인자하신 얼굴을 잊지 못한다. 공부보다 글쓰기에 더 집착했던 못난 제자의 이탈을 누구보다 잘 알고 계신 분이지 않은가. 늦었지만 잘한 선택이라고 어깨를 툭 치며 싱긋 웃음기 가득한 표정을 지으셨다. 팔순을 훌쩍 넘긴 연치에도 식지 않는 문학 혼의 끈을 부여잡고 심오한 글에 위리안치돼 유배의 시간을 보내고 계신 품격, 그 정열적인 에너지를 되새긴다.

누군가를 닮는다는 건 복된 일이다.

평생 글을 쓴다는 게 녹록지만은 않은 일이기에 말년까지 혼신을 다해 창작에 몰두하는 모습을 뵈면 존경심이 든다. 먼 훗날 누군가 있어 당신의 모습을 조금이라도 닮았노라는 얘기를 들을 수 있으면 좋겠다. 요즈음 당신의 시집을 챙겨보게 된 것은 우연이 아니라 가까이 당신 곁에 다가가고자 하는 몸부림이다. 책을 백 번 정도 읽다 보면 저절로 뜻을 깨우치게 된다는 독서백편의자현讀書白遍義自見의 의미를 되새긴다.

얼마 있으면 내게도 버킷리스트 하나가 생긴다. 그토록 바라던 수필집이다. 처녀작이라 설레기도 하지만, 벌거벗은 느낌이다. '자신이 살아온 삶의 가치를 발견하고 깨달았을 때 수필에서 향기가 난다'는 노老수필가의 조언을 새기고 새겨서 들을 일이다.

한때는 꾸덕꾸덕한 삶을 사느라 돈벌이에 여념이 없었다지만, 어엿한 수필가로 입문한 만큼 그 누구에게도 누累가 되어서는 안 되겠다.

나아가 이때껏 살아오면서 누군가에게 상처를 준 일은 없는지 살펴보고, 크고 작은 마음의 빚을 갚는다는 참회의 각오로 매사에 성심을 다한다면 내 글에서도 향기가 나지 않겠는가.